帥醫筆記

之15 作繭自縛

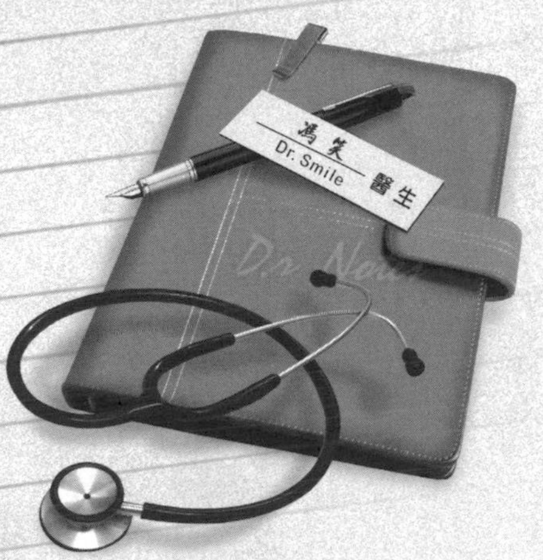

司徒浪◎著

我是一名婦科醫生。

每天，我都會接觸到女人那些難以啟齒的病痛，

我的職責便是為她們解除痛苦。

假如我看她們的笑話，出賣她們的隱私，

將她們的病痛當做閒聊話題，我就是個毫無廉恥的卑鄙小人。

我總認為女人比我們男人乾淨，她們不像我們男人，

為了競爭爾虞我詐，用心計、耍手腕，

她們心地善良單純，我因此本能地對她們產生憐愛。

我覺得女人真是一種奇怪的動物，她們有時候很難讓人理解。

女人的情感，就彷彿是天上飄著的一片雲，來無影去無蹤。

有時候你會覺得她們很變態，真的，她們固執起來的時候真的很變態。

說到底，男人或許是一種極端自私的動物，在他們眼中，只有獵物，沒有女人。

於是，許許多多說不清道不明、不便說也不能說的事情發生了。

而我只能將一切藏在心中，或者，寫入我的筆記……

——馮笑手記

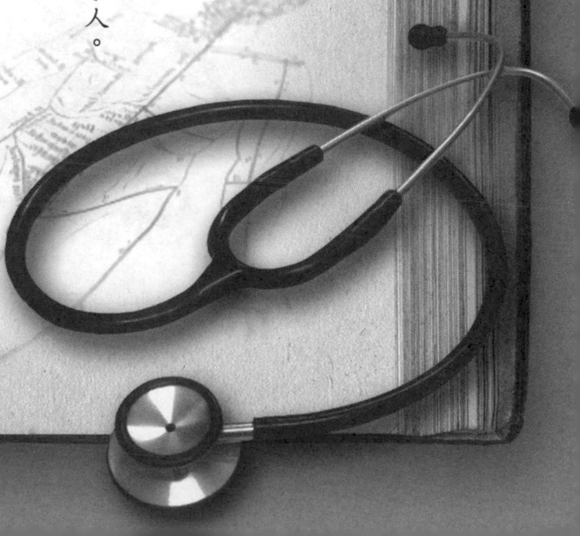

目錄

帥醫筆記

第一章

產程與藝術

生產的過程漫長而痛苦，產婦不住地在哀嚎，
護士長催促著她繼續用力，產婦的臉上早已經全是汗水了，
這是她劇烈疼痛所產生的汗水。
產婦大聲地嚎叫著：「醫生，我不行了。
嗚嗚！好痛啊。你們乾脆給我做手術得了。
我太痛了！唔啊！醫生，我沒力氣了，我不行了……」

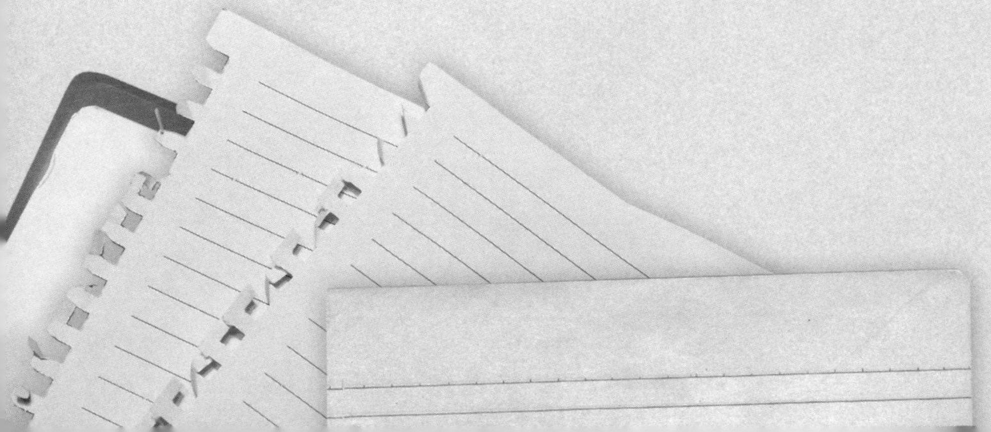

回到家的時候才發現自己手機上有一條簡訊，是孫露露發來的，她在簡訊上說：謝謝你。明天我帶董潔去上班，我不會辜負你對我的信任的。我在自己的家裏。

我頓時怔住了，因為她的簡訊給了我三個資訊：其一，她說的是今天晚上的事情，「謝謝你」三個字應該是她感謝我在童陽西面前的那種態度。其二，是工作上的事情讓我不要擔心。其三，這一點讓我頓時浮想聯翩起來，很明顯，她想要告訴我的只有一個意思——她今天晚上並沒有和童陽西在一起。結合以前她告訴我的話我可以知道，可能直到現在為止她和童陽西都還沒有發生過那種關係。

她是喜歡童陽西的，這一點我並不懷疑。而且從今天見到的情況來看，童陽西對她也應該有著一種真情。由此我可以感受到一點，其實孫露露一樣地很糾結。

看著她的簡訊很久，最後我歎息了一聲，隨即給她回覆了過去：童陽西很不錯，好好愛他吧。

簡訊發出去後我就後悔了，但是已經不可挽回。

我發現自己真的變了。從我開始在婦產科工作到現在，我發現自己的性格和行為都在開始慢慢變化；說話開始嘮叨，做事情猶豫不決，特別是在個人感情上面總是患得患失，總是無法從倫理上與自己的現實之間做出一個明確的選擇。正因為如此，我才總是一邊自責一邊又繼續去犯同樣的錯誤。

由此我很擔心。我在心裏問自己：馮笑，難道你真的也會變得像其他男婦產科醫生那樣嗎？會慢慢變得像女人一樣的性格？

不，不會的。至少我血液裏的雄性賀爾蒙還依然是那麼的旺盛。我隨即對自己說道。

和孩子玩了一會兒，等他睡著後我去打開電腦，然後將自己存入到電腦裏面的那些實驗資料進行了整理。睡覺前我對自己說道：明天又得去請丁香幫忙給我做統計學計算了。

現在我很注意康得茂和丁香之間的關係，所以並沒有直接把電話打給丁香，而是先把電話打到了康得茂那裏。

「得茂，我回來了。你這傢伙，幹嘛要把我回老家的事情告訴龍縣長？」電話通了後我責怪他道。

「你的專案不是在那裏嗎？你應該趁這個機會去和龍縣長溝通一下啊。我知道你這個傢伙不大喜歡去和下面的官員接觸，所以才告訴他你回去了的消息的。」他笑著說，隨即又道：「這也算是我對你的一種強迫。哈哈！你要知道，我的錢也在你那裏呢，所以我才那麼關心。」

「你啊，真是財迷。」

我大笑，說道：「不過有件事你可能不知道，龍縣長竟然要求和我結拜。你想想，我對他幾乎不瞭解，怎麼可能答應嘛！得茂，你們這些官員究竟是怎麼了？怎麼喜歡搞那樣的事？我覺得現在的官員好像變成了江湖中人了。」

「這個老龍，肯定是喝醉了酒。」他說道：「不過他是覺得你不錯，所以才那麼拚命地想要巴結你呢。後來怎麼樣？你沒有得罪他吧？」

「那倒是沒有。我告訴他說結拜只是一個形式罷了，大家心裏有那份兄弟情感就行。」我笑著說。現在我想起那件事情來都還覺得很彆扭。

「你肯定還告訴了他你和我之間的關係吧？不然你可是沒有理由說服他的。」他笑著問我道。

「你這傢伙真聰明。」我由衷地道。

「馮笑，你不知道，現在官場上私底下很多人都時興搞這一套，以此互相形成一種利益團體。結拜只是其中的一種形式，還有聯姻，師生關係，同學關係、家族關係等等。總之，就是為了關係共用、利益共用。沒辦法，現在的風氣已經是這樣了。」他隨即說道。

於是我便有些好奇了，「那你呢？得茂，你不要告訴我你也有結拜兄弟什麼的吧？」

他頓時笑了起來，說道：「我是不會去搞那些名堂的。不管怎麼說我也是正規研究生文憑吧，還不至於有那麼濃厚的江湖習氣。有一點我最清楚，以前我還是窮光蛋的時候，可從來沒有人來找我結拜過，所以我心裏完全明白所謂結拜最真實的目的。雖不同年同月同日生，但願同年同月同日死。哈哈！這不是笑話嗎？還有，黃省長最討厭官員幹這樣的事情了，你要知道，他可是從高校出來的領導。」

我深以為然。隨即才開始和他談正事，說道：「晚上有空嗎？我想請你和丁香一起吃頓飯。」

「你是找丁香有事情吧？何必把我叫上？你們是老朋友，你放心，我不會吃醋的。晚上我沒空，今天黃省長有個接待。」他笑著說。

「你啊，真是太聰明啦。那算了，不吃飯了，我直接去找你的丁香，我想麻煩她幫我處理一下那些實驗資料。」我笑著說。

「馮笑。」他說，

我聽出了他語氣中的不滿，說道：「我們是老同學，丁香也是你介紹給我的，你根本用不著這樣小心翼翼的。我知道你和她沒有什麼特別的關係，丁香把你們交往的情況都如實地告訴過我了。馮笑，我想對你說的是，你不用這樣。你想過沒有？如果我們之間不是這樣的關係的話，你這樣小心翼翼反而會讓我懷疑的。還有，你這樣做會讓我覺得你對我不信任，這可不是我想要看到的事情。」

其實我也覺得自己沒必要那樣去做，但是我生活中的現狀讓我有一種心懷鬼胎的惴惴感覺，所以才會做出這種畫蛇添足、讓人感覺到此地無銀三百兩的事情來。康得茂說得對，我太小心翼翼了。

不過我不願意在他面前承認自己的這種小心翼翼的原因，於是我說道：「得茂，你批評得對。其實我這樣做只是因為一個原因，那就是我太在乎我們之間的這種友誼了。對不起，今後我們互相就隨便一些吧。」

「我理解，也知道你的內心，謝謝你。哈哈！我們今天這是怎麼啦？怎麼變得這麼酸了啊？好了，你直接和她聯繫吧，我馬上有事情了。」他隨即說道。

本來我還想給他講專案的事情的，但是聽他這樣說也就只好罷了。

於是直接給丁香打電話，她在電話裏面笑，「馮大哥，你運氣真好。我剛剛下課，剛剛開手機你就打進來了。什麼事情？又想請我吃飯？」

我也笑，說道：「你的康得茂可是政府官員，請客是他的事情。因為他可以報賬。」

「各是各的關係啊。我喜歡你請我吃飯，那樣才有被請的感覺。」她笑著說。

我說道：「我明白了。你的意思是說康得茂請客就好像你在吃自己家的東西一樣是吧？嘿嘿！丁香，過分了啊，現在就知道內外有別啦？吃我的你就不心痛啦？」

「就是這樣的。怎麼啦？」她在電話裏面大笑。

我不禁苦笑，她如果不承認這一點我反倒還可以繼續和她開玩笑，但是她竟然認同了我的說法！這就讓我沒辦法取笑她了。於此同時，我發現自己又犯了同樣一個毛病：嘮叨。不是嗎？本來我應該直接請她幫忙處理一下那些資料的，結果卻去把那些無關緊要的事情說了一大通。

不禁開始自責，隨即對她說道：「丁香，我又有一批資料出來了，麻煩你幫我處理一下。」

「沒問題，你還是發到我的信箱裏就可以了。不過你得請我吃飯，我可不想當你的免費勞動力。」她笑著說。

「沒問題，等得茂什麼時候有空了再說。」我滿口答應。

她倒是沒有再說什麼，不過她接下來問了我一句：「馮笑，你老婆現在怎麼樣了？有醒來的跡象嗎？」

我的心頓時沉悶了下去，「還是老樣子。丁香，你別問我這件事情了。好嗎？」

她在歎息，「對不起。馮大哥，難道你就準備一直這樣下去嗎？」

「還能怎麼樣？」我苦笑著說。

「其實你可以申請離婚。你又不是找不到女人，現在這樣的狀況對你太殘酷了。」她說。

「我不會做那樣的事情的，我和前妻離婚的事情直到現在我都還在後悔。也許離婚對我現在的狀況是一種解脫，但是對陳圓來講就太殘酷了。她並沒有任何的過錯，反而是為了給我生孩子出現這樣的情況，我不能做那種無情無義的事情。丁香，我們不說這個了，我馬上把那些資料給你發過來，麻煩你了。」我說道。

其實一直以來我的內心就是這樣想的。是的，我不能在這樣的情況下去申請離婚，正如我剛才說的那樣：陳圓沒有任何的過錯，反而地，有過錯的人是我。所以，我根本就沒有任何的權力去提出離婚的事情。

隨即將那些資料通過電腦傳到了丁香的信箱裏去了。一會兒後她就回覆了我：收到。真誠地希望你快樂。

這一刻，我的眼睛濕潤了。她真心的祝福讓我的內心感動，讓我真切地感覺到了友誼的溫暖。

今天和丁香的這番通話對我的情緒影響很大，下午下班後，我除了想要回家根本就沒有其他任何的綺念。

可是，很多事情往往事與願違，就在我開車回家的路上，忽然接到了一個電話，「馮醫生，晚上我想請你吃頓飯，希望你儘量安排出時間來。」

電話是吳亞如打來的。我很奇怪：怎麼這時候才給我打電話啊？萬一我今天有安排或者值顧問班的話怎麼辦？隨之想起她是搞美術的，思維可能與常人不同，心裏也就釋然了。於是我笑著對她說道：「我正準備回家呢。這樣吧，我請你。上次的事情我還沒有感謝你呢。」

她笑道：「我們兩個人吃不了多少錢的。你請和我請都可以。不過你是男人，那就你請吧。既然你開了車，那就麻煩你來接我吧。」

我連聲答應，隨即將車開到前面的路口處去調頭。

在美院門口處接到吳亞如後，我問她道：「想吃什麼？」隨即覺得自己有些好笑，急忙自嘲道：「呵呵！我這可是問客殺雞啊。」

「問客殺雞是什麼意思？」她問我道。

「這個詞說的是我們國家某個城市的人很假，當客人去到了他們家裏後，他們經常會這樣問：你喜不喜歡吃雞啊？你喜歡我就去殺一隻，不喜歡就算了。要知道在以前雞這東西可是很昂貴的，客人一般也就會客氣地說：不要那麼麻煩，隨便吃就是了。於是主人家就做了一桌素菜來招待客人。而且還顯得很尊重對方的樣子。」我笑著說道。

她大笑。隨即問我道：「究竟哪個城市的人像這樣啊？」

我問她道：「你老家是哪裏的？」

她笑得更歡了，「你放心，我家鄉的人沒這樣的習慣。」

我這才低聲地告訴她：「成都人。」

她頓時笑得彎下了腰。

我也笑，忽然看見前面不遠處有一家裝潢不錯的酒樓，隨即將車開到了那裏停下。她本來已經結束了大笑了，結果一看酒樓的名字後頓時又大笑了起來。

這家酒樓的名字叫「江南第一雞」。

其實這家做的主要就一道菜，燒雞公。也就是相當於紅燒的公雞，然後加了很多湯，湯裏面可以煮各種菜。不過味道確實不錯，我感覺到裏面加了少許的泡椒。現殺的雞，高壓鍋壓了接近半小時。在這等候的半小時裏面我們一直在聊天。

我當然首先得問她今天找我什麼事情了。

她說：「沒事，就是想謝謝你。一是你幫我安排好了小潔，二是我的病被你治好了。呵呵！想不到和你在一起這麼輕鬆愉快，看來我以前的生活太沉悶了。」

「不用那麼客氣，那些事情都是我應該做的。」我笑著說道，隨即好奇地問她道：「你們當畫家的人平常都有些什麼樣的愛好啊？」

「沒什麼愛好。很多人在外面接私活，比如幫人畫點廣告什麼的。不過真正有水準的人是不屑去做那樣的事情的。畫家和作家都一樣，需要靜下來認真去揣摩很多東西，只有這樣才可以畫出震撼人心的作品來。」她說，「年輕的時候我喜歡一個人去旅行，身上不帶一分錢，只有畫布、顏料和畫筆，通過賣畫或者向當地人討要食物生活。這樣才能夠感受到那種純淨自然的東西。」

我笑道：「你現在也不老啊？而且依然很漂亮。不過你說的那種方式我覺得倒是不錯的，可惜一般的人堅持不下來。你那種方式有些像苦行僧，通過折磨自己去淨化自己的心靈。」

她詫異地看著我，說道：「你說得太對了。你是醫生，怎麼知道這樣的事情？」

我苦笑道：「大學三年級的時候我一個人遊過三峽，身上只帶了五十塊錢。一個小書包，一件襯衣，一條軍褲，剃了個光頭，就這樣出發了。不過我當時沒有你那樣謀生的手段，更不好意思去向別人討要食物。唯一的辦法就是逃票，然後吃很差的東西。結果半個月後回到家裏發現自己的體重減輕了三十斤。不過那種感覺現在回想起來很舒服的，那種通過折磨自己的方式還真讓人感到刺激。」

「那時候你失戀了？不然為什麼要那樣折磨你自己？」她詫異地問道。

「我讀大學期間，甚至一直到工作都沒有談過戀愛，哪裏可能失戀？」我苦笑著說道：「當時也是年輕、幼稚，總希望自己今後能有一番作為。老師告訴我們說當醫生必須『三得』——吃得、站得、憋得。就是說必須食欲要好，這樣身體才可以適應當醫生的辛勞；做手術需要很長的時間，必須能夠久站；做手術的時候是不能上廁所的，所以還要能夠長時間憋尿。所以我就想到了什麼『天將降大任於斯人也，必先苦其心志，勞其筋骨，餓其體膚，空乏其身』的那句古話來，然後就採用了那樣的方式去折磨自己了。更可笑的是，我們很多同學在一起喝啤酒的時候不准上廁所，這也是為了鍛煉自己的膀胱能夠憋尿。結果好幾個同學憋出了問題來。呵呵！」

她大笑，「想不到你們學醫的人這麼好玩。」

「其實從事醫學的人和你們一樣，也很沉悶的。整天面對的都是那些病人，而且病情都大同小異。如果某一天碰到了一個比較特殊病情的病人的話會很興奮，就如同你們忽然發現了某種美的東西一樣。」我說。

「不一樣。」她搖頭，「我們看到的是美和醜的東西，你們看到的都是人類的痛苦。」

我笑著說：「人類的痛苦不也是你們畫家需要表現的東西之一嗎？」

她的雙眼頓時睜大了，「對呀，我怎麼沒想到？」

我又笑道：「可惜我們看到的東西是不能通過美術的東西表現出來的。比如生產的痛苦、疾病的痛苦什麼的。那樣的東西畫出來肯定會讓人不能接受的。」

她搖頭道：「我們從事的工作不一樣，所以你不明白我們需要表現的方式。我們的視角、表現的畫面和你們看到的就完全不一樣。馮醫生，你剛才的話倒是提醒了我。你是婦產科主任是吧？我又是女人，如果我想要去你們醫院感受一下病人到你們醫院去就診、生產的過程，應該可以的吧？」

我一怔，隨即笑道：「應該沒問題。難道你真的想去看？真的想畫那樣的東西？很噁心的。」

「那不一定。」她笑著說，「那我們可就說好了啊？到時候我可是真的要來找你的哦。」

一直以來我都知道搞美術的人怪異，但是想不到她竟然這麼怪異。本來我們是說著玩的，想不到她真的要到我們醫院去感受病人的那些痛苦。

我當然只能答應。正如同她所說的那樣，她是女性，這樣的方便我完全可以提供給她的。

晚飯後我開車送她到了她住處的樓下，她俯身來和我輕輕擁抱了一下，嘴裏說了聲「謝謝」。

我再次目瞪口呆，看著她下了車，還在朝著我笑。隨後她進入到了樓道裏面。我發現她的步履很輕盈。

然而，讓我想不到的是，第二天一大早她就給我打來了電話，「馮醫生，我今天到你們醫院來可以嗎？昨天晚上我痛苦了一晚上！」

我以為她生病了，於是急忙地問她道：「你哪裏不舒服？」

她頓時笑了起來，說道：「你還真是醫生，三句不離本行。我沒生病，昨天晚上回來後，我拿起畫筆準備創作，可是在畫布前面待到半夜也找不到任何靈感，太痛苦了！今天我就想到你們醫院來感受一下，或許能夠找到靈感也難說呢。」

我哭笑不得，但是卻不好拒絕，「好吧，我馬上去安排一下。」

半小時後吳亞如就到了，我把她請到辦公室喝茶，說道：「等一會兒，一個產婦已經發作了，馬上就要進產房。今天我是這樣給你安排的，先看一位自然生產的產婦，然後和我一起去手術室，今天我要做一個剖腹產手術。中午我們一起吃飯，下午和我一起去門診，我把我的門診時間也換到了今天下午。」

她連聲向我道謝，說我的這個安排太周到了。隨即看了看我的辦公室，「馮醫生，你們醫生的辦公條件不錯啊。」

我笑道：「這是主任辦公室。一般醫生的辦公室是共用的，是大辦公室。」

她笑道：「我忘了你是主任了。對了，今後你不要叫我什麼吳教授，現在我們這麼熟悉了，以後你就叫我亞如姐，我叫你的名字。你說好不好？」

我笑著說：「這樣豈不是把輩分搞亂了？林易可是我岳父。」

可是，她卻忽然不悅起來，說道：「馮笑，今後不要提起那個人了好不好？我和他之間已經沒有任何關係。而且他也不是你真正的岳父，你妻子只是他老婆的女兒。」

我頓時後悔，覺得自己不該在她面前提這一齣。

這時候護士長進來了，我隨即把吳亞如介紹給了她，護士長把白大衣交給了吳亞如，隨即對我說道：「馮主任，產房裏面準備好了。」

我朝她點頭，隨即對吳亞如道：「穿上白大衣吧，我們去產房。護士長，麻煩你親自給這個產婦接生，你的技術熟練一些。」

我們進入到產房後等候了一會兒，因為護士長去洗手消毒去了。我拿著產婦的病歷本在看，同時向吳亞如介紹道：「這是一位足月生產的產婦，從前期檢查的情況來看，她的情況很正常，你看，這是血液檢查的單子，這是B超，這是彩色超聲的檢查單……這一切檢查都是正常的。」

她笑著說：「我看不懂。」

我笑道：「沒關係，你只需要知道這位產婦的情況基本正常就行。來，我們看看這位產婦。」

隨即我把她帶到了產床前面。這是一位年輕的產婦，產婦的年齡二十五歲，第一胎，她腹部高高地隆起，已經被安置在了截石位的狀態。

「怎麼樣？感覺怎麼樣？」我問產婦道，聲音柔和。

產婦痛苦地回答：「肚子痛得厲害，孩子在裏面動得厲害。」

我笑著對她說：「孩子想出來了，這叫瓜熟蒂落，祝賀你，你馬上就要當母親了。」

產婦頓時露出了笑容，隨即又是痛苦的表情，我知道可能是她宮縮發作得很厲害。

護士長已經消好了毒並且穿上了消毒衣，她來到了產床前，開始檢查產婦子宮頸口打開的情況。我在旁邊給吳亞如解說。

「子宮頸打開得差不多了。」護士長對我們說，隨即去對產婦大聲地說道：「用點力，力量不要太猛，慢慢增加，憋住氣，慢慢增加力量，對，就這樣。我看到了胎兒的頭了。對，就這樣，繼續……」

產婦在憋氣給她的腹部加壓，一口氣結束後頓時痛苦地大叫了起來。是的，她肯定很痛，我當然知道。旁邊的吳亞如頓時也緊張了起來，她的手不自禁來到了我的胳膊上面，我的胳膊暗暗生痛。

生產的過程漫長而痛苦，產婦不住地在哀嚎，護士長催促著她繼續用力，產婦的臉上早已經全是汗水了，這是她劇烈疼痛所產生的汗水。

「醫生，我不行了。嗚嗚！好痛啊。你們乾脆給我做手術得了。我太痛了！唔啊！醫生，我沒力氣了，我不行了……」產婦大聲地嚎叫著，中途又嘗試著憋了一口氣在用力。

「你堅持一下，很快就出來了。自然生產的孩子今後身體才好。你千萬不要放棄。」護士長在鼓勵她。

我輕輕拍了拍自己胳膊上吳亞如的手，感覺到她的手冷冰冰的。很明顯，她太緊張了。

她朝我不好意思地笑了笑，即刻將她的手鬆開了。我去到產婦身旁，然後握住了她的手，柔聲地對她說道：「堅持一下，孩子馬上就要出來了。你看，你馬上就要到最光榮的時候了，因為你馬上就要成為一位偉大的母親了。來，將你的手緊緊握在我的手上，用力，對，就這樣，用力！來，吸氣，憋氣，使勁……對，很好。我們再來一次。很好，再來一次……」

產婦的力量很大，我的手上傳來了一陣劇烈的疼痛。但是我沒有鬆手，也沒有發出任何痛苦的聲音。我知道，現在產婦最需要的就是我給予她的這種力量，當然還有我告訴她的這種使勁的方法。

護士長高興地說道：「出來了，孩子的頭已經著冠了！」

吳亞如也很興奮，「我也看到了，頭髮還是黑的。」

我問護士長，「你看看她產道的情況，看看孩子能不能順利地出來。」

護士長說：「可能要做會陰切開。」

產婦抓住了我的手，我無法看見胎兒著冠的情況，不過我相信護士長的水準，於是我說道：「那就切開吧。」

隨即又去對吳亞如解釋道：「孩子的頭太大或者產婦的陰道口過於狹窄的情況下，必須將產婦的會陰部位切開，這是為了避免產婦的產道出現撕裂的情況。」

吳亞如點頭。

護士長開始給產婦打麻藥，我讓產婦休息一會兒，同時對她說道：「別緊張，孩子馬上就出來了。現在你的陰道口有些狹窄，我們準備把你那地方切開一點，讓孩子可以順利出來，你看可以嗎？」

產婦點了點頭。

會陰切開術在以前是屬於產婦自然生產的常規程序，但是近年來很多醫院已經取消了對每一位產婦進行這種常規手術，因為這樣的手術雖然簡單，但是對產婦畢竟是一種創傷。而且術前一般要徵求產婦的意見。

護士長打完了麻藥，一會兒後就開始了會陰切開手術。這個手術其實很簡單，就是避開女性會陰血管最豐富的部位然後剪開會陰。

吳亞如忽然驚叫了一聲。我急忙去制止住她。她滿臉的驚駭。

第一次看見會陰切開手術的人都會有她那樣的感覺，因為那一剪刀下去看上去很殘忍、很可怕——女性的陰道口會即刻出現一條巨大的傷口，然後鮮血淋漓。特別是對於非醫生職業的女性參觀者來講，目睹這樣的場景更加會讓她驚駭莫名，因為她會不自禁地想到自己那地方要是被剪開了的話會是一種什麼樣的情況。

「好了，現在你長吸一口氣，然後慢慢用力。」護士長隨後說，這也是表明她已經切開了產婦的會陰部位。

於是我也去對產婦說：「來，我們開始。吸氣，深吸一口氣。很好，來，慢慢開始用力，對，就這樣。加大點力量……」

「出來了，孩子的頭出來了！」吳亞如興奮地道。

「加把勁，用力！」我對產婦大聲地說了一聲。

產婦嚎叫著在用力……

第二章

追求完美也是一種壓力

她說道，「我終於知道自己以前所謂的夢想都只是夢想罷了。
哈哈！我現在終於醒了。馮笑，我要謝謝你，來，我們喝酒！」
我知道，當一個人終於從美好的夢境中回到現實，
雖然是一件特別痛苦的事，但卻會有種拋卻壓力的輕鬆。
要知道，追求完美也是一種極大的壓力啊。

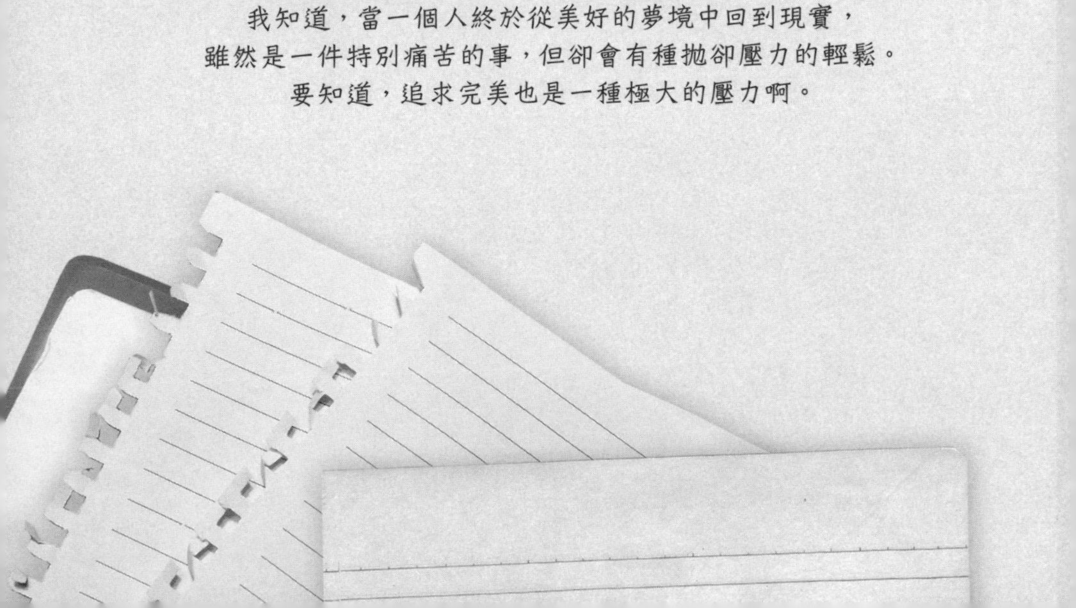

孩子出來了，我也看見了。因為護士長已經眼疾手快地將孩子從產婦的產道裏面拉了出來！

護士長把孩子連同胎盤一起放到了旁邊的一個手術盤裏，然後仔細檢查胎盤的情況，同時吸去孩子嘴裏的黏液等分泌物。

我向吳亞如介紹說：「護士長在檢查胎盤，看胎盤是否完整，是否完全地剝離出來了。如果胎盤在子宮裏面還有殘留的話，很可能會出現大出血的情況。」

產房內猛然地響起了孩子清脆的大哭聲，一個新鮮的生命來到了人間。

護士長說：「恭喜，是個虎頭虎腦的漂亮小夥子。」

產婦笑了，她的臉色頓時出現了母性的光輝。

吳亞如也笑了，我發現她已經是滿臉的淚水。我不禁暗暗覺得好笑：搞藝術的人就是容易被感動。

隨後，護士長開始給產婦縫合會陰部。

幸好這位產婦的生產極其順利，整個生產所花費的時間不長。我遇到過的產婦的最長產程有十多個小時的。

接下來我們去到了手術室。

吳亞如不需要進行洗手消毒，但是她得穿上消毒的手術衣並戴上帽子。

她不住在穿衣鏡裏打量自己，頓時笑了起來，「我穿上手術服後，頓時就覺得自己也變得崇高了。」

手術室裏面的人都笑了。

「可是我不理解你們做手術的時候，為什麼要戴這種綠色的帽子。」她接下來說道。

裏面的人頓時笑成了一片。大笑過後我解釋道：「我們的手術衣和帽子都是這種顏色的，這種顏色可以讓病人感到寧靜、放鬆。」

她點頭道：「對。我是搞美術的，怎麼把這個忘了？」

麻醉已經完成，我開始手術。

因為是表演，所以我特地只劃了很短的一條傷口。可是吳亞如卻依然覺得恐怖，她說：「這麼長的一條傷口？太嚇人了。」

旁邊的助手說道：「馮主任的手術做得很精細，傷口算最小的了。再小了孩子就取不出來了。」

我開始快速地進行下面的程序——

分離皮下脂肪，用手指分開脂肪下面的筋膜和肌肉，然後切開子宮。隨即就可以看見子宮裏面的羊膜了。切開羊膜後將裏面的羊水抽出，然後快速地將孩子抱出，身旁的助手即刻將孩子抱到旁邊去清理孩子的口腔，檢查胎盤是否完整。待助手告訴我胎盤完整的情況後我才開始縫合傷口，從子宮開始，從裏到外一層層縫合。

孩子發出了哭聲，又一個生命來到了這個世界上，孩子的哭聲很響亮，這代表他很健康。

手術室裏面所有的人心情頓時愉快起來，這是我們婦產科醫生最幸福的一刻。今天我的感覺特別好，整個手術做得乾淨俐落，縫合後的傷口精緻漂亮。助手將孩子包裹好後抱到產婦的臉側，「恭喜你，是個漂亮的閨女。」

產婦頓時笑了，平凡的面容上綻放出美麗的光輝。

「為什麼不都採用手術的方式？我發現這種方式並不那麼痛苦。」吳亞如問我道。

「自然生產的過程中，當孩子通過產道的時候會獲取某些抗體，這樣對孩子今後的發育有好處。不過我們一般會尊重產婦本人的選擇。剖腹產手術雖然看似簡單，但是一樣會遇到很多風險，而且手術後傷口會很痛，還可能會感染……」我回答說，猛然地想起了陳圓，心裏頓時難受起來。

「我想，選擇自然生產的母親更偉大。」她忽然地說了一句。

「也不能這樣說。」我急忙地道，「母親都很偉大，因為她們孕育了生命。」

「自然生產想到的是孩子的未來。一位母親，為了孩子的未來忍受著那麼大的痛苦，而且那樣的生產方式很可能會影響那位母親的一生。」她搖頭道。

我一時間沒有明白，「為什麼這樣說？」

「前面我看了自然生產的過程，我想，那種方式肯定會影響到那位母親今後的性生活。產道都鬆弛了，可能很難恢復吧？」她說。

我頓時默然。因為我知道她說的是正確的。

不過現在越來越多的產婦選擇了剖腹產手術，因為現在很多人都怕痛，而且更現實。

中午的時候我帶著吳亞如去醫院的飯堂吃飯，護士長陪同。我想：既然她今天是來感受我們醫生的生活，那就應該感受到底。

「馮主任，我發現你的技術很不錯。你做手術的過程我仔細觀察了，感覺到你手術的過程給人一種美的感受。」吳亞如在吃飯的時候對我說。現在，她稱呼我「馮主任」，看來她在人際交往上很熟稔。

「那是，我們馮主任雖然年輕，但是技術熟稔，管理的能力也很強呢。我們科室裏面的人對他都很服氣。」護士長讚揚我道。

我淡淡地笑：「過獎了，主要還是今天手術的感覺很好，所以才做到了一氣呵成。這種感覺很奇妙，就如同開車的時候有了很好的感覺一樣。」

「呵呵！想不到你竟然拿開車和手術比較。」吳亞如笑著說，「不過我理解你話中的意思了，這就好像我們在創作時有了靈感一樣，那種感覺真的很美妙。」

我笑著點頭，「嗯，應該就是那樣的感覺。對了，你到我們醫院參觀後，有了靈感沒有？」

「好像有了點，但是卻又覺得抓不住。」她笑著說。

護士長詫異地道：「原來你到我們醫院來是為了尋找靈感啊？你們畫家真是很不一樣。」

「藝術家都是天才，天才當然和我們常人不同了。」我順勢奉承了吳亞如一句。

吳亞如搖頭道：「你們別這樣說，其實今天我才發現你們很偉大，因為每天有那麼多的生命在你們手上誕生，還有很多生命需要得到你們的修復，真的很了不起。」

我頓時笑了起來，「我們就不要互相吹捧了吧？」

吳亞如和護士長都笑了起來。

「中午你可以去我們醫生值班室休息一下，下午和我去門診看看，我主要是想請你看看引產或者刮宮手術。其次才是一般的門診。」從食堂裏面出來的時候我對吳亞如說。

「我沒有午睡的習慣。如果不影響你下午的門診的話，中午的時候我倒是想和你聊聊天呢。」她說。

「好，我們去辦公室喝茶。」本來我是有午睡的習慣的，不過想到她是第一次到我這裏來，所以我也就不好多說什麼了。

重新給她泡了一杯茶，隨即去坐到沙發處，她的對面。

「馮笑，你知道今天最震撼我的是什麼嗎？」她問我道，我發現，這一刻她的臉上忽然間綻放出了一種特異的光彩來。

她臉上綻放出來的那種光彩頓時吸引住了我的眼神，因為我發現這一刻的她有著截然不同的魅力。我第一次在一個人的臉上看到這樣的光彩，她真的與眾不同。

後來我才知道：就在那一刻，她有了靈感。

吳亞如沒有去和我聊天，她忽然跑了。

「馮笑，你知道今天最震撼我的是什麼嗎？」她問了我這一句話後就即刻跑到了馬路邊，然後上了一輛計程車跑了。

「馮主任，你這位朋友很奇怪。」護士長對我說。

我苦笑道：「本來今天下午我準備去做實驗的，結果為了她才換成了門診。這下好了，她竟然跑了！連招呼都沒打一個。這些搞美術的人可真夠奇怪的。」

當然，我估計她如此必有原因，或許她真的忽然有了靈感。

沒辦法，今天下午我只好去上半天的門診，吳亞如把我的計畫全部打亂了。

下班後直接回到了家裏。最近，我開始強迫自己克制自己的情欲和放蕩，因為那天童瑤的話讓我感到羞愧。

其實在我的內心完全清楚，自己的這種克制或許根本就沒有用處。因為我自己知道，在某些事情上面我的自制力幾乎為零。但是我依然想嘗試一下，心想自己總得試試。

吃完晚飯，然後和孩子玩了一會兒。其實也不能完全叫玩，最多也就是看看孩子可愛的笑臉。他不會說話，我根本無法和他交流。不過孩子可愛的模樣還是讓我真正地體會到了當父親的喜悅。

我心裏也很高興，同時還有些詫異，因為我想不到原來那麼小的孩子竟然慢慢長得和正常孩子差不多大小了，而且還是那麼的健康。我覺得這無論對孩子還是對我來講都是一件非常幸運的事情。

可是，我發現孩子很容易睏倦。我和他玩了不到一個小時他就打起了小呵欠。小傢伙打呵欠的樣子很可愛，也覺得有些好笑。隨即將他抱到小床上面。

忽然發現自己沒有了事情幹。想了想後對保姆說道：「我要去做實驗，可能要晚點回來。」

是的，我的科研專案必須加快速度。也許今後我有了事情做了，這樣一來可能就不會再像以前那樣墮落了。我在心裏對自己說。

到了學校那邊後就即刻進入到實驗裏面。實驗室很靜，但是這種靜恰好可以幫助我平心靜氣地做事情。今天晚上沒有動物，我主要是根據前段時間的實驗資料修正儀器的參數。丁香已經對我交給她的那些資料進行了處理，然後發回到了我的郵箱裏面。

鄭大壯這個人確實是天才，他設計的儀器很好控制，誤差極小。

時間在不知不覺中過去，當我調試好儀器、準備離開實驗室的時候，才發現已經是晚上十一點多了。伸了一個懶腰然後準備離開，可是就在這時候，我的手機忽然響了起來。

「誰啊？」我即刻接聽。

「馮笑，我想見你。馬上。」電話裏傳來的是一個熟悉的聲音，而且她的聲音裏還混雜有汽車的轟鳴聲。是唐孜，她在哭泣。

我的第一個感覺就是她可能出什麼事了。

所以，我即刻地問她道：「唐孜，你在什麼地方？出什麼事情了？」

「馮笑，他打我。嗚嗚！」電話裏傳來了她的大哭聲。

我似乎明白了，不過卻繼續在問她：「誰打你了？你快告訴我啊，你現在在什麼地方？」

「我在……」她抽泣著告訴了我，我很詫異，因為那個地方竟然就是在醫科大學外面不遠處。

「你等著我，我馬上過來。最多五分鐘。」我急忙地道，隨即關門出去開車。

就在距離醫科大學大約兩千米的一處電話亭的旁邊，我發現了她。她獨自站在馬路邊。夜色中，她形單影隻，身體似乎還在顫慄。

將車停靠在馬路旁邊，我下車去到她身旁，「怎麼啦？究竟出什麼事了？」

她卻沒有回答我，即刻直接地去到了我車的副駕駛座上坐下。我急忙返回到駕駛台上面。我看著她，很狐疑地看著她，「唐孜，究竟怎麼了嘛？誰打你了？他為什麼打你？」

其實，我已經猜測到了，很可能是她男人打了她，否則的話她不會這樣。然而就在這一刻，我的心裏忽然緊張了起來：難道她男人知道了我和她的關係？

她朝我轉過了臉來，緩緩地。我發現她已經是滿臉的淚水，而且淚水還在繼續向下流淌，同時在抽泣。

我心裏很著急，「究竟怎麼了嘛？你快告訴我啊？」

「馮，馮笑，我，我不想和他過了。嗚嗚！他打我……」這一刻，她的哭聲猛然地爆發了出來，身體一下子就匍匐在了我的身上。她的哭聲越來越猛烈，彷彿是要把她內心一切的委屈都傾瀉出來似的。

我估計她肯定是傷透心了所以才會這樣，於是長長地歎息了一聲，伸出手去輕輕將她擁抱，一隻手輕拍她的背，柔聲地對她說道：「唐孜，你別哭了，你告訴我，究竟發生了什麼事情？或許我還可以幫你出出主意呢。」

「嗚嗚……」她卻依然在聲嘶力竭地哭泣。不知道是怎麼的，我頓時被她的悲傷感染了，心裏也即刻地升騰起了一種莫名其妙的悲情出來。

我不再說話，默默地等候著她哭泣的結束。

已經是午夜，街上已經沒有了多少車輛和行人，唐孜也終於停止了哭泣。她抬起頭來朝我淒然地笑了笑，隨即對我說道：「馮笑，謝謝你，我現在好多了。」

「究竟怎麼啦？可以告訴我嗎？」我問道。

她依然是悽楚的笑，「沒什麼，就是和他吵了架。心情不好。」

我搖頭道：「不對，你不是說他打了你嗎？你說的是你丈夫吧？他為什麼要打你？你知道嗎？我最討厭打女人的男人了。」

她低頭不語。

我暗暗著急，禁不住去問她：「唐孜，是不是他知道了我們倆的事情？」

她猛然地抬起頭來，看著我的神色很詫異的樣子，說道：「馮笑，你怎麼會這樣想？我和你之間的事情就只有我們倆知道而已。今後我還要在醫院裏面上班呢，別人知道了這件事情的話，還讓我見不見得人？你倒無所謂，反正你有錢，幹不幹無所謂。馮笑，我告訴你啊，我們倆的事情要是被別人知道了的話，我可和你沒完！」

我頓時放下心來，「那你告訴我，他究竟為什麼打你啊？」

「還不是錢鬧的？」她黯然地道，「他想買房子，讓我去找我叔叔借錢。我不願意，結果他就跑出去喝酒，回來後就發酒瘋打我。」

「你們一點存款都沒有？現在的小戶型不需要多少首付的啊？幾萬塊錢就可以了，按照你們的收入，每個月的貸款費應該不存在問題的啊？」我詫異地問她道。

她又開始流淚，「他哪裏是要買房子啊？現在我才知道，原來他沾上了賭博了。」

我心裏頓時吃了一驚，「賭博？他賭多大？你們不是一直在談戀愛嗎？難道你不瞭解他這一點？」

她說：「以前我只知道他喜歡打牌，從來沒看到他缺過錢，所以也就沒有管他。可是最近我聽他朋友對我講，他們打牌的賭注越來越大了。今天晚上吃完飯後我要他陪我去逛街，結果我看上了一件衣服，我讓他掏錢的時候他卻拿不出錢來。我這才想起他那朋友告訴我的事情來，於是我問他是不是賭博輸錢了，他卻馬上發了脾氣。回家後我再次問他，他說他想買房子，要我去找我叔叔借錢。我再三追問他是不是賭錢欠下債了，他什麼都沒有回答然後就跑了出去。回來的時候他滿身的酒氣，跑到我面前來問我去不去借錢。我問他，我們結婚的時候收到的禮金不是很多嗎？錢呢？他忽然就開始打我。嗚嗚！我想不到他竟然變成了那樣一個人……」

她又開始哭泣起來，我不禁歎息，一會兒後我對她說道：「唐孜，我怎麼感覺他是上了別人的當了？」

她搖頭，「我不知道。我們結婚的時候是收到了接近二十萬的禮金的，請客的錢都是我叔叔幫我們出的。最近我正說去看看房子，因為我發現房價上漲得太厲害了，心想如果不馬上買的話可能還會漲的。可是，現在完了，都給他輸出去了。馮笑，錢無所謂啊，問題是他沾上了賭博，今後怎麼辦啊？而且我現在還不知道他究竟是不是欠了別人的債呢。你說，我該怎麼辦啊？」

「明天他酒醒後你好好和他談談吧。先瞭解一下情況。從法律的角度上講，賭債是可以不還的。你勸勸他，今後不要再賭博了，如果他實在不聽的話……我的意思你應該明白。你還年輕，如果就這樣和一個賭棍生活在一起的話，今後會痛苦一輩子的。你說是嗎？」我對她說道。

「可是，我們剛剛結婚啊。今後讓我怎麼見人？」她低聲地道。

「唐孜，你怎麼這麼傻啊？錯不在你，你怕什麼？如果你為了所謂的面子而讓自己痛苦一生的話，那才真的叫不值得呢。當然，我也不是真的勸你和他離婚，我的意思是說，你明天和他好好談談再說，先把情況瞭解清楚。如果他改了那就是一件大好事。錢嘛，是人掙的。萬一有什麼困難的話，我相信你叔叔，還有我都會幫你的。唐孜，現在的問題是你一定要搞清楚情況，等你搞清楚了情況後，我們再說好不好？」於是我說道。

「馮笑，你真好。」她輕聲地說了一聲。

「今天晚上你就不要回去了，他才喝醉了很不冷靜。這樣吧，你不是有朋友嗎？隨便去什麼地方住一晚上再說。」隨即我說道。

「我先打個電話。」她說，乖乖的樣子很讓人憐愛。

我竭力地在克制自己，不斷告誡自己說：千萬不要讓她去自己的地方住。我知道，在她現在的這種情況下，一旦我出現了衝動，很可能會帶來不堪想像的後果。

她在打電話，「小君，我到你那裏住一晚上，可以嗎？」

後來她告訴我說，她那個叫「小君」的朋友就是那天晚上到酒吧裏喝酒的其中一個，她就住在這附近。「本來我想去找她的，但是跑到這裏後，忽然覺得這樣的事情不能讓她知道，畢竟我才結婚，她知道了太沒有面子了。馮笑，謝謝你。我去她那裏了。你不用送我，她看見了不好。」

「那天晚上她不知道你和我在一起啊？」我問道。

她搖頭，「我只告訴她們說我送你回家。她們知道我和我男朋友的關係很好，所以都沒有懷疑。」

「唐孜，你去吧，我看著你。這麼晚了，我不大放心。」於是我對她說道。她下車後離開了。離開的時候轉身朝我嫣然地一笑。我看到她美麗的臉上雖然帶著笑容，但是目光裏卻帶著一絲苦澀。

她遠遠地離去，路燈下的她拖著一條長長的影子。我就這樣看著她，看著她慢慢地遠去。忽然有些擔心起她來，要知道，現在可是午夜過後了啊。於是，我將車調頭，然後緩緩地朝著她離去的方向開去。

就這樣看著她，一直看到她進入到江南醫科大學裏，我這才放心了。大學裏面很安全。

在回家的路上，我一直唏噓不已。

第二天的整個上午都沒有唐孜的消息，我想：她肯定還沒有回家去和她的男人細談，因為她要上班。

下午也依然沒有接到她的電話，於是我又想：可能她男人中午沒有回家。

可是，到晚上的時候卻仍然沒有接到她的電話，連一條簡訊都沒有。於是我想到了一種可能：估計是她已經解決了自已的問題。畢竟是新婚夫妻，偶爾吵吵架是很正常的。新鞋子剛剛穿上的時候都磨腳呢。

所以我很欣慰。

可是，當我剛剛睡著不久，就忽然聽到自己的手機厲聲尖叫起來，我霍然驚醒，看也沒看就拿到耳邊開始接聽，心裏忽然冒出這樣一種感覺出來：糟糕！出事情了！

可是，電話裏傳來的卻是吳亞如的聲音，她很興奮的聲音，「馮笑，我完成了，我終於完成了！」

我莫名其妙，「什麼完成了？」

「我的作品完成了！」她大聲地、興奮地在叫道。

我哭笑不得，「我的大姐，你看看現在什麼時間？我剛睡著啊，真是服了你了。」

「我不管，我太高興了，你得馬上來看看我的作品。對了，順便給我帶點吃的來，我可餓壞了。從昨天晚上到現在我都沒有吃東西。對了，我還想喝酒。」她說，語速極快。我感覺到了她的那種興奮。

「亞如姐，我明天還得上班呢。」我實在不想起床，因為我感覺自己現在的身體軟綿綿的。而且最關鍵的是，我無法理解她的這種瘋狂。

「馮笑，我可是把你當朋友的，你看著辦吧。現在我特別需要有一位朋友和我一起分享這種喜悅。馮笑，求求你了……」她說，開始的話還硬梆梆的，後來卻變成了軟語相求。

我歎息了一聲，「哎！真拿你們這些藝術家沒辦法。」

她大喜，「我就說嘛，你肯定會來的。」

穿上衣服後拿了一瓶酒準備出門，想了想，隨即又去拿了一瓶。因為我想到了她現在興奮的那種狀態。

首先將車開到那些喝夜啤酒的地方，買了幾樣菜，還特地買了幾個雞蛋，因為我想到她一天多沒吃飯了。

到了美院裏面後我直接開車去到了她工作室的樓下，發現那地方竟然是黑漆漆的一片，頓時明白了她可能是在她的住處。隨即拿著東西朝那裏走去。

果然，她就在這裏。她的房門是開著的，裏面的燈光亮燦燦的。

我還是輕輕敲了敲門。

她即刻出現在了我的面前，臉上是興奮的笑容。而我卻發現，她消瘦了許多，特別是她的眼眶，它們都顯得有些凹陷了。

她就站在我面前，就站在那裏看著我笑。

我苦笑著對她說：「真是的，這麼晚了，你得讓我進去啊？」

她猛然地將我抱住，雙手環抱在我的頸上，我的臉上是她有些冰涼的臉。她大笑：「太好了，你終於來了。」

我的身體頓時僵硬，「亞如姐，你聲音小點。太晚了，會把你周圍的人吵醒的。」

她這才即刻鬆開了我，依然在看著我笑，「你放心，這周圍沒人住，就我想清靜才一直沒搬。對不起，我是太高興了，請進吧。啊！帶了這麼多吃的東西啊？五糧液？太好了！今天喝五糧液才合適。」

她看著我手上的東西在說道，隨即去關上了房門。

我不住地苦笑，然後去到茶几處將東西放下，這才轉身去問她：「你的畫呢？」

她朝我身後努了努嘴，「那裏，你看。」

我轉身後發現，在我眼前不遠的地方，靠牆壁處，那裏有一個大大的畫框，不過，畫框上面卻有著一層白紗給遮擋住了。她住處的牆壁是白色的，所以我剛才進來的時候沒有注意到那地方的情況。

「幹嘛遮住啊？」我笑著問她道。

「猶抱琵琶半遮面，這樣才可以讓你震撼。」她笑著說，隨即歡快地跑到那個畫框前面。她的樣子像一個小姑娘似的頑皮。

我搖頭道：「我不懂的，你這是對牛彈琴，我可能會讓你失望哦？」

「不會的，你一定會震撼的。」她卻這樣說道，「馮笑，你睜大眼睛看吧，一副曠世傑作就要出現在你的眼前了。」

我看著她笑，覺得她很不可思議。我感覺自己和她就好像來自兩個不同世界的人，她是那麼的癲狂、隨心所欲，而我卻始終保持著一種穩重和謹小慎微。

她輕輕地拉開了那層薄紗……

我頓時呆住了，一瞬之後才霍然清醒，隨即緩緩地朝那幅畫靠近。我沒有被震撼，只是吃驚。

我看見，畫上是一個女人，懷抱著的是一個剛剛出生的嬰兒，因為嬰兒的身上還有一絲的血跡。往上是那個女人的臉，她臉上的頭髮一綹一綹的沾滿了汗水的樣子，我特別注意到了女人的眼神，那是一種我經常可以看到的充滿母性光輝的神采，不，好像還有一種更複雜的東西……再仔細看，頓時從她的眼神裏、面容上感覺到了一種憔悴，還有痛苦過後的釋然。我無法用語言和文字去描述自己內心的感受，但是我看到了，也感覺到了。

「怎麼樣？」她問我道。

「不錯。」我說。

她訝然地看著我，「只是不錯？」

我點頭，「我說了我不懂這東西的，不過我可以談談自己的感覺。你的這幅作品畫出了一個女人初為人母的那種感覺，她在經歷了劇痛之後成為了母親，我覺得這一點你在她眼神裏表現得很到位。還有她臉上的憔悴，這也很能表達她剛剛經歷過的痛苦。」

「你完全看懂了啊？」她對我說，隨即問我道：「那你覺得有什麼地方不對？」

我說：「我覺得有兩個地方不對。這孩子身上太乾淨了，雖然有一絲的血跡，但這依然不符常理。因為孩子剛生下來時身上會有一層胎脂的，而且醫生不會馬上去清理孩子身上這一層胎脂，因為它是保護嬰兒皮膚的。所以，孩子的皮膚應該是紅潤上有著些許白色的如同粉狀的東西。其二，一般來講，生下孩子的孕婦的乳頭和乳暈都應該是黑色的，這是因為她們在懷孕過程中激素分泌的緣故。所以，我覺得這兩個地方不符合常規。對了，還有一點，這孩子的眼睛竟然是睜開的，這也不對。因為剛剛生下來的孩子眼睛都是閉著的，他們還不能適應光線的刺激。」

她頓時不語。

我頓時後悔了，因為我覺得自己不該說得這麼直接，畢竟她已經是一天一夜沒吃沒喝才完成了這件作品的啊。而且，我根本不懂美術上的東西，或許她是採用了某種專業的手法在描繪她心中的意境也難說呢。

心裏頓時忐忑起來，於是急忙地又道：「亞如姐，我真的不懂的，胡說八道而已，你別見怪啊。」

她神情黯然，隨即默默地走到了那幅畫的前面。我更加不安地看著她，我不知道她準備做什麼。

她轉過了身來，同時在朝我笑，「馮笑，我們喝酒吧。」

我頓時鬆了一口氣。

讓我感到奇怪的是，接下來她根本就沒有再說一句關於那幅畫的事情，她吃東西、喝酒，偶爾來和我碰杯。

房間裏的氣氛非常沉悶，幾次我都想向她提出來離開的意思，但是卻發現自己很難說出口來。後來，當第一瓶酒喝完的時候，我終於對她說道：

「亞如姐，現在已經很晚了。我得回去了。對不起，我讓你不高興了。不過你不要太在意，因為我不懂藝術的東西。」

她說：「不行，你得陪我喝酒。今天你來了，而且也指出了我畫中的不足，我很感謝你。現在我知道自己為什麼不能成為大家的原因了，我太不敏感，根本就不具備細緻入微地去表現一個主題的能力。以前有人批評我這一方面我還不服氣，但是現在我知道了。馮笑，謝謝你，今天你讓我終於醒悟了，我也知道自己今後該幹什麼了。哎！看來不是每一個人都能夠成為大家的啊。」

我猶豫了一瞬，覺得自己現在離開確實不大好，於是我去打開了另外那瓶酒，「好吧，今天我陪你喝。不過亞如姐，我倒是覺得你這幅畫整體很不錯的，特別是你把她的眼神表現得很到位。」

她朝我擺手道：「你別說了，一幅不完美的作品永遠都是次品。這只能說明一點，我只能去模仿大師的作品，卻不能自己去創造出完美的東西來。」

她說到這裏的時候便從座位上站了起來，端著酒杯去到了那幅畫前，她在凝視那幅畫。猛然地，我看見她忽然將她杯中的酒潑向了那幅畫上！

我大驚，急忙地站了起來，「亞如姐，你這是幹什麼？」

這時候我看見，那幅畫上那個女人的臉已經變了形，那雙眼睛已經是模糊一片。

她轉身朝我燦然一笑，「這下好了，我終於知道自己以前所謂的夢想都只是夢想罷了。什麼愛情，什麼藝術，這些對我來講都只是一場夢罷了。哈哈！太好了，我現在終於醒了。馮笑，我要謝謝你，好好謝謝你！來，我們喝酒！」

現在，我的心緒極其複雜，不過我感覺得到，她現在的這種高興似乎也是真的，雖然依然帶有一種苦澀的味道。其實我也知道，當一個人終於從美好的夢境中回到現實，雖然是一件特別痛苦的事情，但是卻往往會有一種拋卻壓力的輕鬆。要知道，追求完美也是一種極大的壓力啊。

在她的要求下我們連喝了兩大杯酒。現在，我不可能再拒絕她了，因為她現在的這種情緒都是我帶給她的，所以我覺得自己也有著一種責任。

但是，我明顯地感覺到自己已經醉了。她也應該和我的情況一樣。

我們肆無忌憚地聊天、大笑，過後頓時就出現了一陣沉默。我忽然想起自己應該回去的事情來了，於是偏偏倒倒地站了起來，「亞如姐，我得回去了。」

她也站了起來，也是搖搖晃晃的，她對我說：「別走，姐還想和你說會兒話。馮，馮笑，姐今天真高興，你高興嗎？」

我點頭，「我很高興。」

她朝我燦然一笑，「那姐讓你看我的胸好不好？姐的胸很漂亮的。」

我不禁駭然，「姐……」

她在緩緩地解開她的衣服，我急忙去制止她，「姐……不要這樣。」可是，站立不穩的我竟然一下子就把自己的手摁在了她的胸上，頓時傳來了一種柔軟的感覺，一股如電流般的酥麻感頓時就湧遍了我的全身。我猛然地怔在了那裏。

她在朝我輕笑，隨即快速地脫去了她的衣服，還有她衣服裏面的所有……

第三章

千萬不要打自己的女人

讓我想不到的是，她卻在這時候開始流下淚來，
「馮笑，他打我……」
我明白了：她今天想和我在一起的原因和上次不一樣，
這次她完全是為了報復。有句話是這樣說的——
千萬不要打自己的女人，否則會把她打到另一個男人的被窩裏去。
我不禁歎息。

吳亞如是林易曾經的情人，林易是我的岳父！而昨天晚上，我在吳亞如的身上做了那樣的事情！現在，她就躺在我的身邊，在這張柔軟的床上！

當我醒來的那一瞬間，靜，我的全身被這種無窮無盡的靜所籠罩。

激情已經完全褪去，而我卻感覺到更加的孤寂。

我忽然有了一種欲哭無淚的感覺。緩緩地坐起自己的身體，半靠在床頭上面。我看見自己的正對面，就在那堵牆的前面，那幅已經變得不成模樣的畫，它似乎正在嘲笑床上的我們。

我忽然笑了，因為我猛然發現這一切好荒唐。

我的笑沒有驚醒沉睡的她，即刻起身尋找自己的衣褲，穿戴整齊後默默離開。

看了看時間，發現已經是下午三點。

坐到駕駛台上的時候我傻了很久，然後才開車出了校門。在遠離美院的一處小吃店吃了點東西，然後開車去到醫院。

到了辦公室後，我依然覺得自己是在夢中，因為我還不能完全相信剛剛發生的那一切。

一直到手機響起，它頓時把我拉回到了現實。

「馮笑，你幫我聯繫一下你認識的那個員警好嗎？」電話裏傳來的是唐孜的聲音。

我忽然感覺到一陣煩悶，「唐孜，我生病了，覺得很不舒服。過幾天好嗎？」

「有人要殺他。」她說，隨即傳來了她的哭聲。

「他自己說的？」我問道，心裏根本不相信這回事，「殺人？那可不是兒戲。肯定是那些人嚇他的。」

「他接電話的時候我都聽見了。」她說，「馮笑，求求你了，幫幫我啊。」

就在這時候，我忽然聽見有人在敲我辦公室的門，我急忙對唐孜道：「我等一會兒給你打過來，現在有人找我談事情。」

即刻掛斷了電話，隨即對著門說了一聲，「請進。」

門被推開了，他在朝我笑。我很是驚訝，「怎麼是你？」

是黃尚，皇朝夜總會的那個經理。

他依然身著筆挺的青色西服，寸頭，白白淨淨的臉瘦削得棱角分明。他的腰很直，看上去似乎當過兵的樣子。我記得自己第一次和林易去皇朝夜總會玩的時候，他在見到林易的時候不住在點頭哈腰，很諂媚，但是後來我單獨去的時候，每次見到他都是挺著筆直的腰，不過他對我很客氣。

我沒想到他今天會到我這裏來，也不知道他來幹什麼，於是我急忙招呼他坐下，「小黃，有事嗎？」

「我女朋友覺得她懷孕了，想來檢查一下。我想到你是這裏的醫生，所以想麻煩你幫我找個好點的醫生看看。」他說。

我朝他微笑，「沒問題。」隨即去拿起座機撥打，「護士長，麻煩你讓李醫生幫我一個熟人看看，她覺得好像是懷孕了。」

護士長說：「好，病人呢？」

於是我去問黃尚：「你女朋友呢？」

「在門外。」他笑著說。

我頓時責怪他道：「你搞什麼啊？怎麼不讓她進來？算了，你讓她去找護士長吧，她會安排好的。你在這裏喝杯茶吧，反正檢查室你又不能進去。」

他連聲道謝，隨即出去了。

我很理解他，因為他來的時候已經說得很清楚了，是讓我給他找一位醫生而不是請我去給他女朋友看病。這裏畢竟是婦產科，他女朋友可能羞於來和我這樣一位男醫生見面也很難說。

一會兒後他回來了，「已經去檢查了，謝謝你馮醫生。」

我隨即去陪著他說話。畢竟自己曾經多次去他那裏玩，而且都是免費。雖然那裏的產業是林易的，但有些事情不能那樣去看。他是皇朝夜總會的經理，對我很客氣，每次的服務都很周到，這些事情就值得我去熱情地招呼他。

今天是在我的辦公室，所以我開始和他開玩笑，「怎麼？不小心中標了？準備要孩子嗎？」

他笑道：「還沒結婚呢。」

「現在結婚好簡單，兩張床靠在一起就可以了。」我笑著說。

「倒也是。馮醫生，你覺得孩子是早要好，還是晚些要的好？」他問道。

我說：「俗話說，早要孩子早享福，一般人肯定希望早些要孩子。但是孩子畢竟是很麻煩的，要了孩子後就不自由了，心裏總是會牽掛在孩子身上，這就會影響到夫妻兩個人自由的生活。所以，現在很多年輕人又有不少的人選擇了晚些要孩子，等兩個人玩夠了再說。因此，說到底還是自己選擇什麼時候要孩子的好。」

說完後我心裏就想：假如陳圓不曾昏迷，那我們肯定就會經常圍著孩子共享家庭的溫暖。我承認自己對孩子照顧不周，因為我對孩子的感情還沒有達到某種程度。

「呵呵！倒也是。」他笑道，「不過我想還是晚些要孩子的好。因為兩個人是不是合適，得在結婚後一段時間之後才會知道，如果早些要了孩子，然後兩個人又覺得不合適而離婚的話，那今後孩子就苦了。」

我頓時笑了起來，「那你怎麼不說很多人是看在孩子的份上才沒有離婚的？呵呵！這些問題說不清楚，自己把握最好。我是醫生，不關心這些社會問題。不過我從醫生的角度給你一個建議：千萬不要讓你的女朋友多次做人流手術，不然的話今後極有可能造成不育。」

他點頭，「馮醫生，謝謝你的提醒。我會注意的。」

正說著，忽然聽到有人敲門。我大聲地請外面的人進來。

辦公室的門即刻被打開了，門口處出現了一位年輕女孩。這個女孩我不認識，於是我問她道：「你找誰？」

「黃尚……」她卻在叫我對面的他。

我暗自詫異。因為這個女孩看上去並不漂亮，她的容貌甚至可以說非常平常，身材也不是那麼的好。要知道，黃尚可是夜總會的經理，他什麼樣漂亮的女人沒有見過？然而我想不到他找的女朋友竟然會是這樣一個普通的女孩。

黃尚坐在我的對面，他背對著我辦公室的門，所以開始的時候他沒有看到進來的這個女孩子。當她叫他名字的時候，他才轉過了身去，「小雲，檢查完了？情況怎麼樣？」

女孩子來看我，滿臉緋紅。我朝她笑道：「你好，我叫馮笑，也是這裏的醫生。沒關係，你講吧，什麼情況？」

她沒有說話，只是紅著臉在朝黃尚點頭。

「真的有了？」黃尚問道。我看得清清楚楚，他的臉上帶著興奮。

女孩子再次點頭，隨後說道：「我在外面等你。」

她說完後就出去了，黃尚即刻站了起來。我去輕輕拍他的肩膀，笑著對他說道：「趕快結婚吧，到時候我一定來喝一杯你們的喜酒。今後你老婆生孩子的事情我負責。」

他連聲道謝，同時在說道：「我一定請你的。」

本以為他會馬上離開，而且我也做好了送他的準備，可是他卻站在那裏沒動。於是我問他：「你是不是還有什麼事情要找我？」

他欲言又止的樣子，隨後才說道：「馮醫生，對不起。」

我很詫異，同時又莫名其妙，「你有什麼對不起我的？」

「是這樣，剛才我們來找你的時候，本來讓我女朋友和我一起進來，可是她覺得不好意思。所以我們就在你辦公室的門外待了一會兒，結果我就聽見了你打電話的聲音。」他說。

我還是沒有反應過來，「是啊，那時候我是在打電話啊。這又怎麼了？」

「馮醫生，是不是你的朋友遇到什麼麻煩了？」他問我道。

我這才恍然大悟。

而就在這時候，我心裏猛地一動：這個人是夜總會的經理，他接觸的可是各種各樣類型的人，而且據我所知，做他們這一行的一般是和黑道有聯繫的。

對，說不一定他有辦法。不然的話，他為什麼主動來問我這件事情？

黃尚的話讓我想起來了：先前我和唐孜在通電話的時候我說到了一句話——「殺人？那可不是兒戲。肯定是那些人嚇他的。」

很明顯，他聽見的就是我說的這句話。

當我想到自己面前的這個人可能會幫到忙的時候，我才隨即把情況告訴了他，「是這樣，我一個朋友的男人沉迷賭博，結果欠下了一大筆債。對方說要殺他。」

「那個男人叫什麼名字？平常在什麼地方賭博？」他問道。

我一怔之後隨即苦笑道：「不知道，現在我什麼情況都不清楚。」

他頓時笑了起來，「馮醫生，我在道上還是有些朋友的，如果你有什麼事情需要我幫忙的話，直接告訴我好了。我們是一家人呢，你是林老闆的女婿，也相當於是我的老闆了，所以，你千萬不要客氣。」

「這樣吧，我把情況問清楚了再說好不好？」於是我說道。

他笑道：「行，你隨時可以給我打電話。那我走了，她還在外面等我呢。」

我送他出了辦公室，看見他的女朋友在不遠處等候。黃尚不讓我再送了，不住地叫著讓我留步。

回到辦公室後我細細地想了一下唐孜的事情，覺得這事情找黃尚的話可能更好。因為雖然從法律上講賭債是可以不還的，但是人們習慣於接受「欠債還錢、天經地義」這樣的觀念。況且，通過員警去解決這樣的事情，往往會被人們普遍鄙視的，唐孜的男人今後也將抬不起頭來，而且還可能遭到對方的報復。

所以，我覺得自己剛才告訴黃尚這件事情做得很正確。

想明白了這一切後，我才拿起電話給唐孜撥打。這件事情我很小心，確實經過了仔細的考慮，因為我覺得如果不是萬不得已的話，最好不要去和黑道上面的人有任何的關係。

「你到我辦公室來吧，我想問問你情況。」電話接通後我對唐孜說。

「我不到你辦公室來，我不想讓別人知道我和你在一起。」她卻這樣說道，

「晚上我們一起吃飯吧，離醫院遠點。」

「他呢？今天他不回家？」我問道，心裏很顧忌。

「我不想回家。不想看見他那副兇惡、頹廢的樣子。」她說。

「唐孜，與其如此你還不如馬上和他離婚，這樣的男人有什麼值得你留戀的？」於是我勸她道。

「我們見面再談吧，我不想在電話上談這樣的事情。」她說。

我想了想，「好吧，我們去江對面吃飯。」

其實我的想法和她一樣，能夠離醫院越遠就越好。

下班後我把車開出了醫院，然後在距離醫院大約一公里處的一條小巷裏面等候唐孜。這是她要求我這樣做的，其實說到底還是不希望被醫院裏的人發現我們在一起。

現在我似乎更懂得了一點：她對她的親生父親確實很有感情，因為像她這樣的女人能夠為了父親的事情來和我上床確實需要極大的勇氣。她太在乎自己的名聲了，所以我可以想像得到她在下定那個決心的過程中不知道經歷過多大的痛苦。

所以我很內疚，所以我非常希望自己能夠幫助到她。

將車在小巷裏面停下，然後等候她的到來。起碼等候了二十分鐘，我終於從後視鏡裏面看到了她的身影。她在一路小跑。

她終於跑到了我的車旁，然後打開了副駕駛處的車門，快速地進入，「走吧。」

我將車退了出去，再次進入到主幹道的車流中。我看了她一眼，發現她正在朝著我笑。

「我們這樣偷偷摸摸的，像做賊一樣。」我苦笑著搖頭。

「我們本來就是在做賊。」她低聲地說。

我頓時無語，一會兒後我才問她道：「他欠了別人多少錢？」

「我們家的存款都被他輸光了，連同我們婚禮收到的禮金，全部被他輸光了，後來他又借了十萬塊錢的高利貸，結果也輸光了。」她說，神情黯然。

「怎麼會這樣？肯定是被人做了圈套。」我說。

「我聽他那朋友講的，說開始的時候他贏了不少的錢，起碼有接近十萬，然後他上癮了，就再也收不住了。但是我問他本人的時候，他卻什麼也不說，只知道砸家裏的東西。」她說道。

「都是這樣的。開始的時候讓他贏錢，這樣才能夠把他釣進去。他真糊塗啊，這種事情經常發生的，怎麼就非得要去鑽那個圈套呢？見好就收、或者一開始輸錢了就不再去了不好嗎？」我不禁歎息。

「他能夠這樣就好了。」她低聲地歎息道，隨即來問我：「馮笑，你不是說你認識員警嗎？你能不能讓他們想想辦法？」

我搖頭說：「唐孜，你想過沒有？如果我找員警朋友來處理這件事情的話，可能情況反而會變得糟糕起來的。你想想，賭博是什麼？是犯罪。即使他可以免除那些債務，但是他已經犯了罪，很可能會被勞教。而且，還可能因此讓其他和他一起賭博的人都因此被抓起來，包括開賭場的人。這樣的話，他今後就很可能遭到人家的報復。唐孜，我雖然勸你和他離婚，但是卻不想看到他那樣一種下場。說實話，現在我的心裏很內疚，覺得自己對不起他，所以就更不能讓他有那樣的下場了。你說是嗎？」

她不說話，雙眼直直地看著前方。一會兒之後，我聽到她輕聲說道：「馮笑，那件事情是我自己願意的，你不應該自責。」

我說：「我不是自責，但我是男人，雖然他現在並不知道我們之間的事情，但是我作為男人可以想像得到，一旦他知道了這件事情後會是一種什麼樣的感覺。即使他永遠也不會知道，但是我一樣會覺得對不起他。唐孜，你不瞭解我們男人，但這是我內心最真實的想法。特別是在他出了事情之後，我內心的內疚就更強烈了，所以我很希望自己能夠幫助他，或許這樣的話我的心裏會好受一些。」

唐孜說道：「我知道你有錢，但是你不能去幫他還債。這不是解決問題的根本辦法，而且他會懷疑到我們之間的關係的。即使他懷疑不到是你，也會懷疑我在外面有其他的男人的。我不希望這樣。馮笑，我說了，雖然你是我唯一出軌的男人，但是我並不想讓他知道。我還得在醫院裏待下去，更不想因此給我叔叔的臉上抹黑。」

「唐孜，其實我也是這樣在想，他雖然欠下了十萬塊錢的高利貸，利滾利最多也就幾十萬塊錢罷了，如果你開口的話，我肯定可以替他還掉的。但是問題的癥結不在這個地方，我是在想你的事情。唐孜，你想過沒有？如果你這樣繼續和他生活下去，而他又不記取教訓的話，怎麼辦？」我說。

她低聲地道：「我不想和他離婚。我和他是有感情的，而且我本身就對不起他。還有，我不想讓醫院裏面的人知道我婚姻的失敗，更不想讓我叔叔知道這件事情。」

我在心裏歎息，「唐孜，這樣吧，我可以幫你處理這件事情，但是我有兩個條件。」

「只要你能夠幫我把這件事情處理好，你要我做什麼都可以。」她說，卻並沒有來看我。

我知道她這是誤會了我的意思了，急忙地說道：「我不是這個意思。唐孜，我的第一個條件就是你必須告訴我他經常去什麼地方賭錢？和哪些人在一起？他欠下的高利貸是找誰借的？第二，你不能對任何人講這件事情是我替你處理好的。對了，還有，你得告訴我你男人的名字。」

「我怎麼知道？」她說。

「你男人的那位朋友總知道吧？」我說。

她搖頭，「我問過他，可是他就是不說。而且……」

我有些詫異，「而且什麼？」猛然地，我明白了她話中的意思了，「你的意思是說，你男人的那位朋友對你有企圖？」

她微微地在點頭。

我不禁憤怒，「唐孜，你看看，你男人交的都是些什麼樣的朋友？俗話說『近朱者赤近墨者黑』，由此就可以看出你男人是什麼樣的人了。哎！」

她不說話。

我心裏不住歎息，隨即問她道：「好吧，那你告訴我你男人和他那位所謂的朋友的名字吧？這你總該知道吧？」

「我男人叫賈峻，他那朋友叫刁得勝。」她回答說。

我不禁啞然失笑，「姓刁？難怪。據我所知，姓刁的沒有一個好東西。」

「你不能這樣說，全國姓刁的多了去了。」她低聲地嘀咕了一句。我頓時也覺得自己的話有些過分了，即刻笑道：「是，我的話很沒有道理。主要是我想到他作為你男人的朋友竟然會對你心存不軌，所以才在心中氣憤。」

現在我已經明白了一點：唐孜男人的那位所謂的朋友告訴她這些事情的目的很明顯，就是想讓她和自己的男人發生矛盾，然後他就方便趁虛直入了。這是男人慣用的伎倆。由此看來，那個姓刁的確實不是一個什麼好東西。

隨即，我又問了那個姓刁的人的工作單位，她也告訴了我。

這時候我們已經到達了去往江對岸的大橋上。我隨即將車停靠在路邊，對唐孜說了一聲「我去打個電話。」然後就下車去到了大橋邊上的人行道上。我的腳下是滔滔的江水。春天的江水碧藍、碧藍的，遠處一艘輪船在朝著大橋的方向駛來，船頭將江水蕩起了白花花的浪花。

我拿出電話給黃尚撥打。

「這個情況有一個人知道，但是我這裏不好調查。你看能不能通過你的那些關係瞭解一下情況，然後再做出處理？」電話接通後，我把情況告訴了他，隨後對他說了這樣一句話。

他笑道：「馮醫生，你告訴我這個資訊就夠了。剩下的事情我來處理，你放心好了。」

我連聲道謝。

「馮醫生，你別這麼客氣。」他說，隨即又道：「不過馮醫生，你想過沒有？賭博可是會上癮的。也許我可以處理好這件事情，但是萬一他今後又犯了的話怎麼辦？」

我頓時一怔，因為這也是我考慮過的問題，隨即苦笑道：「以後的事情以後再說吧。麻煩你先幫我把這件事情處理好了再說。不過，我希望不要留下什麼後遺症才好。如果需要還錢的話，我可以替他還那筆錢，但是最好能夠讓他今後不要再去賭博了。」

「馮醫生，你放心吧。我會處理好的。」他說道。

我頓時放心了許多，隨即回到了車上，「唐孜，晚上你想吃什麼？」

她搖頭，「隨便吧。我不想吃東西的，心情很煩。」

我朝她笑道：「你不要煩，事情我已經告訴我一個朋友了，他會幫忙去處理好的。你放心好了。」

她詫異地看著我，「真的？你那朋友是幹什麼的？」

我即刻嚴肅地對她道：「唐孜，你別問我。其實我一點都不想介入到這樣的事情裏面去。也就是你，其他的人我才懶得管呢。」

她看著我，隨即輕聲地道：「馮笑，你真好。」

「說吧，你想吃什麼？現在你的心情好些了吧？」我朝她微微地笑。

「我想吃海鮮。可以嗎？」她問我道。

我大笑，「沒問題！」

濱江路上當然有專門賣海鮮的酒樓了。我們進去後卻發現裏面的人還真不少，生意極其火爆。

「有錢的人真多。」唐孜感歎道。

我笑著說：「那是當然。現在就是這樣，越是高檔的場合人就越多。這其實也是一件好事情。至少可以刺激更多的人去掙更多的錢。」

「是啊。」她說，「可是掙錢的事情好像很難的。」

我笑道：「對大多數人來講是很難的，但是對某些人來說卻似乎是一件很容易的事情。」

「比如你？」她笑著問我道。

我搖頭道：「我不算什麼。不過我這個人很知足，並不希望自己擁有太多的錢，只要能夠在我們唐孜想吃海鮮的時候隨時可以掏出錢來就行了。」

她頓時笑了起來，「你真會說話。」

我心裏也很高興，因為我終於看到她由衷地笑了，「我說的是實話。」

她問我道：「馮笑，你教教我怎麼賺錢，好嗎？」

我搖頭道：「這可不好教。因為賺錢的方式有很多種，每個人的專長也不一樣。如果你自己有了賺錢的基本方向後我幫你參謀、參謀倒是可以的。」

「問題是我根本就還沒有方向啊？那你說怎麼辦？」她說，一雙大眼睛在看著我。

「走，我們先坐下來再慢慢說。那裏怎麼樣？」我指了指靠近窗邊的一張小桌子問她道。

「好，我喜歡那裏，那裏可以看見江水。」她說。

我讓她點菜。她點了幾樣常見的海鮮，我對服務員說：「來一隻龍蝦吧。蒜茸蒸。蝦的頭尾熬粥。」

服務員笑著朝我點頭，「好的，先生。」

唐孜朝我伸舌頭，「馮笑，今天又要讓你破費了。」

我笑道：「小事情，只要你高興就行。」

她神情頓時變得黯然起來，「可是，我還是高興不起來。」

我知道，在事情沒有真正解決的情況下，她肯定是不能夠完全放心的，於是我柔聲地對她說道：「唐孜，難道你不相信我嗎？既然我說了沒問題了，就肯定不會有事了，你應該相信我才是。現在我們在這裏吃飯，你就應該暫時不要去想那些不愉快的事情，好好享受這頓晚餐才是。」

「我想喝酒，可不可以？」她問我道。

「好，我陪你喝點。你又喝不醉，我可不敢陪你多喝。」我笑著說。

「誰說我喝不醉的？」她朝著我媚笑了一下，「那我要喝五糧液。」

我笑道，「好，五糧液，六七八九糧液都可以。」隨即去對服務員道：「聽到沒有？五糧液。」

「再來一瓶茅台。今天我很想醉，可能喝混雜的酒才可以醉吧？」她又說。

於是我又去對服務員道：「茅台。」

服務員抿嘴而笑，「我記下了，先生。」

「馮笑，前面我們還沒說完呢。怎麼樣可以賺錢的事情。」服務員離開後她問我道。

我笑，「剛才我不是說了嗎？你得有個方向才行。」

「假如我沒有方向呢？難道就不可以賺錢了？」她問我道。

我想了想後說道：「其實現在有個很好的機會，不過這需要本錢，還需要精於計算。」

她頓時來了興趣，「什麼樣的機會？」

「炒房啊。」我說，「現在的房價雖然看上去很高，但是我覺得這樣的價格依然很低。你想想，最近幾年我們省城的發展速度有多快？修了那麼多的房子人們依然在搶，價格一再上揚，但是人們卻一邊大罵一邊又在排隊去搶購。這說明了什麼？這說明了人們需要。當然，這裏面也有不少的人是為了投資，為了炒房。不過現在各個地級市的人，還有外來的投資者都在不斷向我們這裏湧入，所以我預計在未來三五年之內，房價可能會至少翻一番。」

「那得需要多少錢啊？我現在連自己住的房子都沒有呢。」她頓時黯然。

「你可以先投資小戶型，比如三十個平方的房子，現在的價格也就在六千塊錢一個平方左右，總價也就不到二十萬，如果你向銀行貸款的話，首付也就五萬塊上下吧。然後你花很少的錢簡單裝修一下出租出去，用租金來支付今後的貸款費用。像這樣同時買入幾套房子，然後採用同樣的方式去處理，三五年過後一次性賣出或者分期賣出，這樣你就發財了。你沒錢沒關係啊，我可以借給你。」我笑著對她說。

她搖頭道：「我不找你借。一是我擔心自己今後虧了還不了你的錢，二是我怕他知道了這件事情。」

我看著她，說道：「唐孜，你聽我對你講。你是女人，你知道女人其實最需要的是什麼嗎？我告訴你，是自強、自立。你千萬不要把自己的命運完全拴在了某個男人的身上。這件事情你可以不告訴你男人的，你悄悄去做。我先借給你一筆資金，到時候你還給我本錢就可以了。不過我給你講，你必須給我寫一張借條，到時候萬一你真的做虧了，我可是要找你還錢的，如果你還不上的話，我就去找你叔叔。」

「我不找你借錢。你去找我叔叔，太嚇人了。」她說。

我說：「必須這樣。第一，你必須要有信心，賺錢的信心。第二，這樣才可以讓你有一種責任感。如果我不要求你今後還錢的話，你很可能就沒有了壓力，這對任何一個做生意的人來講，都不是什麼好事情。」

「還有什麼賺錢的方式嗎？」她卻這樣問我道。

我笑道：「當然有，比如你炒房賺了錢之後，就把那些賺到的錢投入到一家醫藥公司裏去，那時候你叔叔可能已經是我們醫院的院長了，到時候錢豈不是嘩嘩地往你那裏流？」

她問我道：「你的意思是說，我叔叔得在三五年後才可以當正院長？」

我搖頭，說道：「我可沒有這樣說。這次學校那邊的換屆馬上就要進行了，章院長過去當校長的可能性很大，這一點很多人都知道。那麼接下來你叔叔去接替章院長的位置也就順其自然了。不過你想過沒有？你叔叔在剛剛上台期間是肯定不能調整章院長以前的那些關係的，這得有個過程，得慢慢地一點一點地來。所以，你得趁這個時間儘快賺錢，然後投入到一家醫藥公司裏去。當然，這件事情我可以幫你，可以替你物色一家可靠的公司。問題的關鍵是你得先賺錢，明白了吧？」

「那你準備借給我多少錢？」她問我道。

我嚴肅地看著她，「你錯了，不是我準備借給你多少錢，而是你需要從我這裏借多少錢。你好好想想其中的區別，想明白了再來找我。」

菜和酒上來了，我們開始吃東西。很顯然，她的情緒被我調動起來了，所以她的胃口大開，頓時就不再和我說話，開始不住地用筷子夾起盤裏的菜往嘴裏塞。

她狼吞虎嚥的樣子很好笑，也很可愛。我笑著對她說道：「慢點吃，我不會和你搶的。」

她並沒有回答我，繼續地在哪裏狼吞虎嚥。我不住苦笑，「看來不和你搶還真不行了，不然的話我可就沒吃的了。」

她這才放下了筷子，抬起頭來朝我大笑。

我們開始喝酒，首先讓服務員打開的是那瓶五糧液。不過我們喝酒的速度並不快。大約吃了一個小時左右，一瓶五糧液才被我們喝完。她喝得比我多些。

讓我感到奇怪的是，她今天好像不大對勁，因為這時候我發現她說話的聲音變得含糊不清起來，酒醉的狀態極其明顯。我詫異地看著她，「唐孜，今天怎麼啦？你好像有酒意了啊。這瓶酒我們就別喝了吧？」

「不，我要喝。」她說。

於是我問她：「難道你今天晚上又不準備回家去了？」

「不回去了，我不想看見他。」她說。

「那你準備去哪裏住？你先告訴我，一會兒我才好送你去，免得你喝醉了說不清楚。」我又問她道。

「住你那裏，或者我們倆去賓館。」她說，沒有一絲一毫的猶豫過程。

我看著她，頓時不知道怎麼說了。因為我現在有些害怕和她去做那樣的事情了，畢竟她的家庭出現了這樣的狀況。

「怎麼？你不想要我了？」她問我道。

「唐孜，你不是已經感覺到內疚了嗎？我也覺得我們之間不要再這樣下去了，這樣對你，對你的家庭都不好。」我說。

可是，讓我想不到的是，她卻在這時候開始流下淚來，「馮笑，他打我……」

我頓時明白了：她今天想和我在一起的原因和上次完全不一樣，這次她完全是為了報復。有句話是這樣說的——千萬不要打自己的女人，否則就會把她打到另外一個男人的被窩裏面去。

我不禁歎息。

第四章

新任校長

當我聽到章院長當校長的消息後，並沒有感到詫異。
章院長當上校長我應該感到高興或者興奮才是，
因為在這件事情上面畢竟有我的功勞。
但是我卻高興不起來，更沒有絲毫的興奮感。

就在這時候我的手機響了起來，急忙接聽，因為這樣我正好避開剛才的那種猶豫和尷尬。

電話是黃尚打來的，「馮醫生，事情我已經幫你處理好了。對方願意不再追討那筆高利貸了，但是他輸掉的錢不好要回來了，因為他輸給的不是一個人。」

我沒有想到他處理得如此的快，所以有些不大敢相信，於是我急忙地問他道：「這個人叫賈俊，沒有搞錯吧？」

唐孜在看著我，滿臉的狐疑。我朝她做了個手勢，意思是讓她暫時不要說話。

黃尚笑道：「不會搞錯的，你交辦的事情我怎麼敢馬虎？」

我頓時放下心來，「十萬的本金還是應該還給對方的，明天我把這筆錢給你。謝謝你了。」

「馮醫生，要本金還需要我出面嗎？」他笑道，「不過這裏面有一個情況我得告訴你。我問清楚了，你這位叫賈俊的朋友是被他的一位熟人設的圈套給騙進去的。賈俊借高利貸也是他的主意。」

「這個人叫刁得勝是吧？」我即刻問道。

「原來你都知道了啊？馮醫生，你說，想怎麼教訓這個叫刁得勝的人？」他隨即問我道。

「不要去教訓他，只需要讓賈俊知道是刁得勝在中間搞鬼就行了。不過麻煩你注意方式，免得賈俊不相信。我想，這樣的話賈俊或許就可以從此改邪歸正了。你說呢？」我想了想後說道。

「明白了，你放心好了。」他說。

「對了，千萬不要讓賈俊知道是我在出面幫他。」隨即我叮囑道。

「好的，你這樣說了我照辦就是。」他說。

我隨即掛斷了電話。現在我才發現這個黃尚真的很不錯：他做事情只需要知道我要求他怎麼去做，根本就不問原因。這可不是一般的人可以做到的。由此我可以感覺到林易手下的人幾乎都具有很高的素質。黃尚是如此，上官琴也是這樣。

唐孜似乎明白了我這個電話代表的是什麼情況了，她看著我問道：「這麼快就處理好了？」

我點頭，隨即把剛才的通話內容告訴了她，當然我說的部分她全部都聽見過了，隨即我說道：「怎麼樣？這下你不擔心了吧？」

她用感激的眼神看著我，「馮笑，現在他又欠下你一筆人情了。」

我搖頭，「不，這只能算是我償還他的。」

她頓時怔住了，一會兒後才說道：「馮笑，我不想喝酒了。把這瓶茅台退了吧。」

我點頭，「其實酒喝多了不好，現在這樣正好。你也早點回去吧，一會兒我送你到你家樓下。」

她低著頭，「不，我今天不回家，我想和你在一起。馮笑，今天我要好好感謝你。」

「不需要的，真的不需要。」我真誠地說，「我能夠幫上你這個忙，讓我感到很高興，我得謝謝你給了我這樣一個機會。」

「不。」她抬起了頭來，臉上已經是一片紅暈，「馮笑，你知道嗎？雖然我們之間的感情並不深厚，但是你曾經給我的身體極大的快樂。現在，我發現自己很懷念你那次給我的那種感覺。所以，我今天晚上還想體驗一下。可以嗎？」

也許是喝了酒的緣故，也許是她現在的神態讓我心動不已，或許更多的是我忽然回憶起了那天晚上我和她在一起時候的旖旎情景，現在，我頓時猶豫了，不，我內心深處的欲望已經開始湧起，並慢慢地開始氾濫了。

她隨即又對我說了一句話，輕輕的聲音，「馮笑，我們走吧。我們去開房。」

再也不能控制自己，即刻站起來準備去結賬，但是卻忽然感覺到自己的下面已經開始有了反應，隨即便坐了回去。

可能是在我站起來的那一刻被她看見了我胯間褲子隆起的狀況，她頓時笑了起來，「我去吧，把你的錢包給我。」

我朝她尷尬地笑，隨即拿出錢包來朝她遞了過去。

我們很快就開好了房間，然後很快就找到了我們的房間。

「馮笑，我們先去洗澡。我給你洗好不好？對了，今天你一定要漱口，我想和你好好接吻。」一進入到房間後，她的唇來到了我的耳畔對我說道。

我心裏頓時激蕩起來，「今天你願意讓我親你了？」

「我發現自己好像可以接受你了，從我的內心裏面。」她低聲地說。

我們都已經激情迸發，她在我的懷裏。我將她橫抱著走進了臥室，然後將她的身體輕輕放在了床上。我站在她的面前仔細欣賞她美麗的身體，她真的太美了，身上幾乎沒有一絲的贅肉，身形是那麼的凹凸有致，肌膚雪白得讓人感覺到躺在床上的是一尊白玉雕像。

我們完全地融合了，靈魂和肉體。至少我感覺到的就是這樣。我們都喝了酒，而且喝得恰到好處。這種狀態讓我們都持久而激情不衰。

激情過後，我們雙雙癱軟在了床上，然後相擁而眠。

後來，是一陣刺耳的手機鈴聲驚醒了我。那不是我的手機在響，所以才讓睡夢中的我感到它的刺耳。

輕輕地去推了她一下，「你的電話。」

「我不想接。」她懶洋洋地道。

「這麼晚了，萬一有什麼急事呢？」我說。

「馮笑，你去幫我把手機拿來。」她說。

我不禁苦笑：沒事找事吧你！即刻下床去尋找那個聲音。

她沒有看電話，拿著就直接開始接聽，「喂……」

可是在一秒鐘後，她卻猛然地坐立了起來，嘴裏大聲叫道：「我不回來！」

她大聲地對著電話吼了一聲後就把它掛斷了，隨後躺在床上，胸口不住地起伏。我看得出來她現在很激動。

「什麼事情？」我問她。

「他問我在哪裏，還說他錯了，讓我馬上回去。」她說，隨即側身來抱住我，「馮笑，我們再來。」

我急忙地退縮了一下自己的身體，「不行了，才完。我起不來。」

「我用嘴巴讓你起來。我還想要！」她說，聲音一點不溫柔，我感覺到她似乎是在賭氣。心裏頓時明白了：她其實是在和她的男人賭氣，希望通過這種方式去報復她男人。

「你回家去吧，看來他已經悔悟了。」我說，隨即去輕拍她的背。

她卻沒有說話，即刻鑽進到了被子裏，我猛然地就感覺到自己的那個部位被她的唇給包裹住了……

醒來後的第一個發現就是身旁沒有了唐孜。去到廁所後也沒有發現她的蹤影。頓時明白了：她肯定是回家去了。

我的第二次完全是她人為地激發起來的，事後我即刻地進入到了睡眠，因為我早已經疲憊不堪。

其實到後來我也感覺到了她激情的退卻，因為在我最後的衝刺中發現她的表情是木然的，雙眼直直地在看著酒店房間的天花板。我頓時就沒有了感覺，側身頹然倒下，蒙頭而睡。

當我發現她已經不在這裏的時候，才忽然記憶起了這一切，所以我可以判斷，或許是在我剛剛入睡後不久，她就離開了這裏。

這樣也好。我在心裏歎息道。

現在我感覺到了一點：沒有情感的性愛只是一種純粹的發洩，它並不是那麼的值得留戀，反而地，有時候還會讓人感到害怕。

比如現在我就已經害怕了。那天晚上和章詩語在一起的時候的事情頓時再一次浮現在自己的腦海裏面。唐孜雖然離開了，但是我相信如果員警真要找我麻煩的話並不是一件難事，因為我和她進入這家酒店的全部過程肯定被監控和錄影了，這是酒店安保的常規措施。

雖然明明知道自己想像的那種可能不會發生，但是我的內心依然感到了害怕。即刻就從床上爬了起來，快速地穿上衣褲後下樓去駕車離開了這家酒店。

這時候才發現是凌晨四點過。道路上幾乎沒有車輛，讓人感覺到整個城市不再具有活力，恍然有了這個世界只剩下了我一個人般的孤寂。

回到住家樓下的時候已經接近五點鐘，天色依然沒有放亮，社區昏暗的燈光更加增添了我內心孤寂的感受，還感覺到了一絲的寒冷。我覺得自己就像一隻孤魂野鬼般的在這個孤寂的夜裏遊盪。

坐電梯上樓，終於到了自己家的門前。拿出鑰匙開門。

打開客廳的燈，猛然地，我看見客廳的角落處在靠近廁所的地方，就在那裏，那裏站著一個身穿白色衣服的女人！她的頭髮遮住了她的臉，我看不清她的模樣，我駭然地僵直在了那裏，頓時感覺到自己差點窒息！

她肯定不是保姆，因為保姆沒有這麼苗條的身形！

耳邊猛然地聽見一聲尖利刺耳的驚叫。隨後，我的眼前出現了一張可怕的臉。她的尖叫聲讓我頓時清醒了過來，讓我頓時明白了自己眼前的她並不是傳說中的什麼鬼魂。可是我並不認識她。

「你是誰？怎麼在我家裏？」我問道，心裏同時在戒備。

這時候保姆從裏面出來了，她急忙地道：「姑爺回來了？菜菜，這是姑爺，馮醫生，他是這裏的主人家。你這麼早起來幹什麼？」

「菜菜？她是誰？」我問保姆道，全身僵直的肌肉頓時鬆弛了下來。

「姑爺，她是我女兒，昨天晚上來的。對不起，我給你打過電話，但是你的手機沒有信號。我擔心你有事情，所以就沒有再給你打了。姑爺，菜菜和我睡在一個房間裏的，沒有去其他的房間睡。」保姆急忙地道，臉上帶著歉意和惶恐。

她女兒的臉恢復到了正常，剛才她肯定是被驚嚇到了，所以才顯得那麼可怖。現在我發現，她長得還是比較清秀的。

她低聲地在說：「我上廁所……」

我頓時明白了，於是歉意地對她說道：「對不起，把你嚇壞了吧？」

「沒……」她說，臉上一片紅暈。

我沒有再理會她，隨即去對保姆說道：「我去睡一會兒，麻煩你八點鐘叫我一下。」

保姆連聲答應。

躺倒在床上的時候，我忽然覺得剛才的事情有些可笑。

最近兩天我非常擔心一件事情：吳亞如會不會再來找我？因為我心裏始終想到一件事情——她是林易曾經的情人。

這讓我的內心一直忐忑不安，但是卻不敢主動給她打電話，因為我擔心那更是一種惹火燒身。

不過還好的是，兩天來我都沒有接到她的電話，也沒有其他任何關於她的消息。這讓我寬心不已，於是在心裏想道：或許我們那天晚上都醉了，發生的那一切只是酒後的放蕩罷了。

但是我不敢繼續去想這件事情，因為我會依然忐忑不安，而且更要命的是，我竟然會情不自禁地在腦海裏浮現起她那如同白玉雕塑般豐腴而美麗的身軀。

也不敢給唐孜打電話，因為我不能確定她是否在上班，更不能排除她男人和她在一起的可能性。當然，我可以通過內線電話打到她的處室，但是卻又不想讓醫院裏面的任何人知道了我和她的關係。

今天早上我離開家的時候沒看見保姆那個叫「菜菜」的女兒，我估計是她不好意思見到我，所以就躲在了房間裏面。

吃早餐的時候我問保姆：「你女兒在什麼地方上班？」

「兩年前去到了沿海打工，最近忽然打電話給我說她想回來了。姑爺，我讓她明天就回家去，不會在你這裏長住的。」保姆說。

「沒關係的，暫時就住在這裏吧。反正我也時常不在家裏，她正好和你說說話什麼的。」我說。

「她爸爸一個人在家裏，家裏的很多事情也要人做啊。她回來了也好，以前她在沿海打工，在一家廠子裏，掙不了多少錢。」保姆又說。

「其實農村裏還是可以掙錢的吧？比如你們可以餵養一些山羊、土雞、土鴨什麼的，養牛也可以啊？價格肯定賣得上去。」我說。

「是這樣，我們村裏有個人就專門養山羊，養了一百多隻。一年下來可以賺很多錢的。可是那需要本錢，而且也很辛苦。我男人身體不行，我又是一個女人，如果在家裏的話，光是那些繁雜的事情就夠我忙的了。現在的年輕人都不願意待在農村裏面，再有掙錢的事也不願意做，他們喜歡大城市，真是沒辦法。」保姆頓時被我挑起了話題，然後就開始嘮叨了起來。

於是我問她道：「那你女兒回去習慣嗎？」

「先讓她回去一段時間再說吧。鄉下的女孩子嘛，儘快結婚的好。在外面晃蕩久了的話，心就野了。」她說。

我頓時笑了起來，「阿姨，現在的年輕人都有自己的想法，可能你管不住她的了。還是隨便她自己吧，你越管她的話，可能她還和你對著幹呢。」

「就是啊。哎！現在的孩子真不好管。當初她不好好讀書，我隨便怎麼說她都不聽。現在後悔已經來不及了。」她歎息著說。

我看了看時間，發現已經很晚了，於是不再和她閒聊，放下碗筷準備馬上離開。這時候我卻發現保姆欲言又止的樣子，於是問她道：「阿姨，有什麼事情嗎？有什麼事情你就說吧，我得馬上去上班了。」

「姑爺，你看能不能幫我家菜菜找一份工作呢？你，你千萬不要讓林老闆知道這件事情。」她低聲地說。

我詫異地看著她，「你不是說她要馬上回家去嗎？」

「那是我的意思，可是她不願意。」她搖頭苦笑著說，「現在的孩子真沒辦法。姑爺，林老闆讓我好好在你家裏做事情，不讓我給你添麻煩。所以……」

我笑道：「我知道。不過這件事情有些麻煩，因為你女兒的文化不高是吧？工作倒是很好找，待遇就很難說了。現在的女孩子，如果工資低了的話，她們一樣不願意幹的。這樣吧，我好好想想，看有沒有合適的事情讓她做。不過你得給我點時間。」

現在，我在辦公室裏就在想這件事情，但是卻發現有些一籌莫展。保姆的女兒菜菜不是董潔，我不可能也把她安排在自己的公司裏。準確地講，當初我安排董潔完全是出於對吳亞如的感激。

這不是什麼大事情，以後再說吧。我心裏想道。

現在我是科室主任，已經不再需要具體地去管床位了。如果有我感興趣的病人的話，我才會具體地去研究她們的病情。這個感興趣指的是她們的病情，沒有其他。當然，如果病人是熟人的話例外。

今天比較閑，昨天晚上沒有休息好，所以我決定馬上回家休息幾個小時，然後下午去做實驗。

從辦公室裏面出去後，我準備去告訴護士長今天我的行蹤，可是她對我說了一句話後，就讓我即刻取消了前面的一切安排。

她對我說：「章院長到學校那邊去當校長了。今天宣佈的。」

當我聽到章院長當校長的消息後並沒有感到詫異。現在我的心情卻忽然地變得複雜起來。從道理上來講，章院長當上校長我應該感到高興或者興奮才是，因為在這件事情上面畢竟有我的功勞。至少在整個事情的運作上我是做了有益的工作的。但是我卻發現自己根本就高興不起來，更沒有絲毫的興奮感。

即刻取消了那大自己最開始的安排，和護士長閒聊了幾句後就回到了自己的辦公室。

我覺得自己應該給章院長打個電話祝賀他一下。在現在這種情況下最好是不要去他的辦公室，因為我估計此時此刻他辦公室裏面肯定已經坐滿了去向他祝賀與獻媚的人。

頓時覺得打電話也不好，想了想，隨即給他發了一則簡訊：祝賀您高升。

等候了一會兒後沒發現自己手機上有什麼動靜，心裏頓時不悅起來：你現在開始拽起來了？

心裏的那種複雜更加濃烈起來。

現在，我開始想自己為什麼會心情複雜的原因。我覺得章院長並不是什麼好人。比如他和莊晴的事情，還有我那次看到他和一位漂亮女人在一起的事。除了莊晴的事情之外，還有他找我報賬的事，所以我心裏完全清楚他其實就是一個好色貪財的老狐狸。而這樣一個人卻偏偏被我通過自己的關係給推到了大學校長的位置上。大學，它在我心裏一直是非常神聖的，因為我曾經經歷過它的那種神聖。

記得自己剛剛進入到大學校園的時候，頓時就被那種濃厚的學術氛圍感染了。學校的不少專家給我們授過課，他們淵博的學識、高尚的人品都給我留下了深刻的印象。在我整個在醫科大學的讀書期間，曾經有兩任校長多次給我們作過報告，他們都是學校元老級的專家，學識、人品沒有話說，更讓人佩服的是他們的口才，兩位校長給我們作報告的時候從來不需要草稿，但是他們的報告內容卻精彩紛呈，每次聽了後都會讓人感到熱血沸騰。

但是章院長的情況卻並不是那樣。我很瞭解他，他雖然是我們醫院的內科教授，並冠以博士生導師的名頭，但是他的醫療技術水準我十分的清楚，準確地講，他的教授及博士生導師的頭銜更多的是來源於他院長的位置——他當上副院長的時候是副教授，但是卻很快地就被評為了正教授並授予了碩士生導師的稱號，當上正院長之後也就理所當然地成為了博導。

我們國家的事情有時候總是這麼奇怪，當一個人到達了某種地位後就會理所當然地會成為事事通，專業上當然就是頂級的專家了。別說章院長，就是王鑫也沾染上了這樣的毛病。現在王鑫和我一樣是副教授了，但他同時還是行政人員，據說有次幾位處長在一起談到哲學問題的時候，他竟然也裝出一副那方面專家的模樣。

章院長的口才極差。雖然在私下談話的時候他有模有樣的，官氣也十足，但是我聽過他的幾次報告，給我的感覺可以用兩個字來形容——著急。他作報告的時候完全沒有了平常的那種從容，不但結結巴巴而且邏輯混亂，一個多小時的報告聽下來給人以不知所云的感覺。更好笑的是，他本來滿口的江南口音但是卻非得使用普通話，結果經常洋相百出，讓下面聽報告的人時時哄堂大笑。可悲的是他還以為是大家在認為他的報告精彩。

現在，他終於當上了醫科大學的校長，我的心裏卻頓感悲哀。不過我覺得有些奇怪：既然如此，以前你怎麼沒有去想這些問題？以前怎麼從來沒想過如果有一天他真的當上了校長之後，會是一種什麼樣的情況？

肯定想過，只不過自己從來沒有去多想罷了。而且一直以來在我的內心裏有著一種奇怪的想法：這個人當校長好像不大可能。林易或者我會在其中起到什麼作用？組織上難道還會不知道他是什麼樣的一個人？

這才是我內心最深處的想法。說到底，自己的這種想法完全是出於對自己沒有自信心，也是天真地把組織部門看得太高了。有時候自己就是如此的奇怪：一方面在看到社會上的某些現象後，覺得是一種理所當然，甚至還會覺得如果沒有那些潛規則的話，這個社會反而不正常了。但是在我的內心卻依然有著一種期盼，我期盼我們的每一個地方的每一級組織都是那麼的洞察秋毫。現在看來自己完全錯了，自己內心深處的某些想法確實是太幼稚了。

其實，在章院長的事情上我還有一種無奈，似乎在這件事情上我一直都處於一種被動的姿態。他是我們醫院的領導，在工作上給予了我不少的幫助這確實是事實，隨後林易與他商討合作的事情，再然後是章詩語的事，而這一切我都情不自禁地或者還有被迫的成分參與了進去。特別是在後來，當我與章詩語發生了那種關係之後，我開始從情理上不得不參與了進去，而且在其中做了最大的努力。

現在我有了一種感覺，我覺得這個世界上所發生的很多事情就如同大海的波濤一樣，它會推動著一艘小船朝著某個方向飄盪。對於波濤的力量來講，這艘小船是無能為力去進行任何反抗的，相反地，它就只有無奈地、認命地去隨波逐流了，甚至還會在這種無奈之中津津有味地感受其中的樂趣。

難道這就是傳說中的命運？

第五章

沒有打不開的鎖

我很興奮，畢竟他當校長其中有我的功勞。
現在，我的自信心達到了空前的高度，
頓時有了林易曾經告訴過我的那種感覺：
在這世界上，只有合不合適的鑰匙，沒有打不開的鎖！

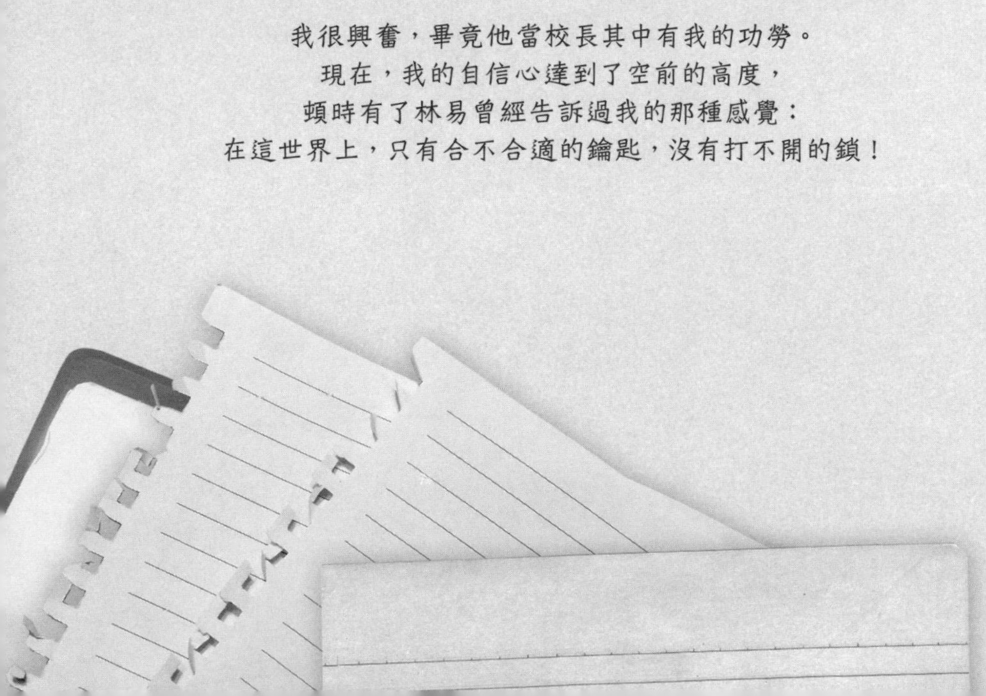

忽然聽到手機在響，我發現是一個座機號碼，應該就是醫院裏的號碼，難道會是唐孜？

我急忙地接聽，「小馮，對不起啊，剛才辦公室裏的人太多了，不方便給你回簡訊。謝謝你的祝賀啊。」

是章院長打來的。

我發現自己心裏頓時舒服多了：我說嘛，他不會那麼不懂得感恩的。於是我急忙地道：「章院長，我估計您辦公室裏會有不少人，所以也就不來湊這個熱鬧了。我沒什麼事，就是祝賀您，心裏替您感到高興。」

「我們不是外人，你就不要這麼客氣了。」他笑著說道，「小馮啊，你現在可是真的成熟了啊。這麼大的事情你在事前一點口風都沒給我，直到前幾天省委組織部和衛生廳領導找我談話，才知道了這個消息。」

我心裏頓時愕然，因為他說的那一切我根本就不知道，而且我也是今天才知道了這件事情，並且還是護士長告訴我的。不過我當然不可能告訴他這一切，因為那樣的話不就顯得我啥工作都沒有做了嗎？由此，我在心中有些責怪林易，同時也有些責怪常育，因為他們兩個人都沒有提前告訴我這件事情。

「這是組織部門的事情，我一個小醫生，怎麼可能知道得清楚組織上的真實意圖呢？在此之前我得到的資訊也就是五個字罷了。」我說。

「呵呵！是嗎？哪五個字？」他笑著問我道。

「應該沒問題。」我說。

「哈哈！」他大笑，「小馮，謝謝你。看到了你的簡訊後我很高興。我非常清楚，那些到我辦公室來的人大多都是虛情假意的，而你的那個簡訊才是最真誠的。」

我心裏頓時熱乎乎的起來，我覺得這樣的領導當校長至少還不是自己剛才想像的那麼差，最起碼他會很客氣地對待下級。同時也覺得口才什麼的問題已經不再重要了：領導的話就是命令，下面的人能夠理解領導的意圖就夠了。我們這麼大一所醫院，他不也管得好好的嗎？

心情頓時愉快起來，接完電話後去到食堂吃飯，飯量竟然比平時大了許多。

我知道自己現在很興奮，畢竟他當校長其中有我的功勞。現在，我的自信心達到了空前的高度，頓時有了林易曾經告訴過我的那種感覺：在這個世界上，只有合不合適的鑰匙，沒有打不開的鎖！

對，應該馬上給林易打一個電話，即刻告訴他這個消息。

「章院長當校長了。」電話接通後，我直接地告訴林易道。

「這麼快？」他的聲音很詫異。

其實，我的這個電話還有試探的意思，我想知道他究竟知不知道這個消息了。他的話讓我心裏舒坦起來——看來他也並不知道章院長已經任職的消息。

可是，我卻聽到他繼續在說道：「前些日子組織部找他談話的事情我知道，想不到這麼快任命就下來了。看來幫他的人不止一個啊。這個人很有趣，可能我以前想多了。」

我不明白他話中的意思，「什麼想多了？」

「以後再說吧，有空我們當面聊。現在我手上有點事情。」他隨即說道。

我心癢難搔但是卻不能夠問他，因為我忽然意識到這樣的事情不能在電話裏面談。林易話中的意思我明白。

躺在床上我無法入眠，有時候興奮也是一種痛苦。拿起電話，看著電話裏的號碼簿，我不知道該給誰打電話。

忽然看到裏面常育的名字，即刻給她發了一則簡訊：章院長的事情宣佈了。

她很快就回覆了：我知道。

我暗自詫異，她為什麼不提前告訴我？

興奮的感覺頓時沒有了，代替剛才那種興奮的是失落。在我們的人體裏面，神經的傳遞需要興奮和抑制共同作用來達到身體各種機能和功能的平衡，而我現在的情緒也是如此，因為有了失落，剛才的那種興奮感覺頓時平息了下來，睡意隨之洶湧而來。

下午我去到了學校那邊做實驗，接近下班的時候接到了常育打來的電話。她對我說：「有些事情你知道早了不好。聽說你和那個人的女兒關係不錯，所以我擔心你提前知道了講出去。組織任命的事情有很多變數。」

我沒有想到她竟然也知道了我和章詩語的事情，我的臉上開始在發燙，急忙地道：「沒事，我只是告訴你一聲。這件事情本身也是你在操作嘛，有了結果了我肯定應該在我知道的第一時間告訴你的。」

「馮笑，你現在怎麼變得這麼乖了？」她笑。

「是你教導的結果啊？」我笑著說，頓時發現自己正如洪雅所說的那樣，好像還真的變了。我不知道自己是何時變得這樣大膽的。要知道，在以前，在她和洪雅的面前，我可是從骨子裏面有著矜持的。而現在我的這種隨便可是忽然而來，根本就不知道自己為什麼會變成這樣，而且也並沒有什麼刻意，完全是一種隨意。

忽然想起哲學上面的一句話來：從量變到質變。也許正是這樣，當我和她們兩個人慢慢變得熟悉起來，慢慢地……對了，我明白是為什麼了：我對她們產生的情感，還有從內心裏對她們有了信任和依靠感。正是因為這樣，我才變得像現在這樣隨便。都是一家人了，還客氣什麼？

我想，在這件事情上任何一對情侶都有這樣的過程，只不過這個過程有長短之分罷了。

後來她告訴我說：「最近我比較忙，你和洪雅多聯繫吧。順便幫我勸勸她，應該考慮她個人的事情了。」

「嗯。」我說，心裏覺得怪怪的。

她卻繼續地道：「最近有個人在追求她，對方的條件還不錯，而且我覺得那個人對她也很真誠。可是她好像並沒有動心。我想，或許你跟她說了後會有些作用。」

「那是一個什麼樣的人？」我問道，忽然覺得自己的話有些不大對勁，急忙地又道：「姐，我得先瞭解一下情況才行的，這樣才好找出理由去說服她。」

「是全國政協一位副主席的兒子，很有經濟實力。這種聯姻對姐今後也很有幫助，但是洪雅好像不大願意。這可是她第一次不聽我的話。哎！也許我以前錯了。」她歎息著回答說。

我頓時愣住了，心裏想道：你什麼錯了？

她繼續在說，我這才明白了她話中的意思，「以前我不該讓她和你接觸，她現在被你迷住了。呵呵！馮笑，你很有魅力呢。」

我頓時不好意思起來，「姐，你別和我開這樣的玩笑。」

「呵呵！我現在還有事情，你抽時間儘快和她聯繫吧。」她說，隨即掛斷了電話。

我拿著電話不住發呆。

在車上後我才給洪雅打電話，因為我還沒有想好怎麼去對她講。有時候就是這樣，很多事情其實很簡單，但卻往往被我們想像得非常複雜。比如這件事情就是這樣，我和她還沒有碰面，她具體怎麼想的我根本就還不知道。思想工作可是需要有針對性地去做才會有效果的，即使現在自己想破了腦袋也不會有什麼好的辦法。

「洪雅，晚上有空嗎？」電話接通後我直接地問道。

「喲！難得啊。今天怎麼主動想起給我打電話了？」她笑著對我說道。

「想你了唄。」我笑著說道，心裏暖暖的感覺。

她大笑，「這樣吧，我們去吃河鮮。最近我發現了一個地方，那裏的河鮮全是野生的，而且味道很不錯。」

「好。什麼河鮮啊？不就是淡水魚蝦嗎？」我笑著說道。

她即刻不滿地道：「你真是的，再高雅的事情都被你說得俗氣了。」

我大笑，忽然發現車前方一條難看的黃狗跑過，於是即刻問她道：「既然你那麼追求高雅，那我問你，土狗子怎麼稱呼才顯得高雅？」

「中華田園犬啊。」她即刻地回答道。

我一怔，隨即大笑。

洪雅選擇的地方很不錯，是在酒樓外面的一處露台上。我看得出來，這是她特意要求搬到這裏來的，因為我發現露台上面剛好可以擺放下這張桌子，而且我在露台的裏面還發現了兩張藤椅。很明顯，原來露台這地方應該是用於喝茶的。

「你花了多少錢讓他們同意你要求在這地方的？」和她見面後我第一句話就這樣問她道。

「不要錢，因為我點了不少價格很貴的菜。」她笑著對我說。

我頓時笑了起來，「這也相當於給錢啊。就如同汽車一樣，價格越高的利潤也就越大。」

「有道理。」她笑著說，「國外的寶馬也就幾萬美元，國內卻要上百萬。雖然關稅很高，但是一百多萬的價格也太過分了。」

「賣兩百萬我也沒意見。有錢人才消費名車，不影響一般老百姓的生活就行。」我笑著說道，「我們這是怎麼了？怎麼一見面就說這麼高深的問題？太累了吧？」

她瞪了我一眼，「明明是你先說的好不好？」

我笑著說道：「有些事情不要那麼認真嘛，過得去就行了啊？告訴我，你都點了些什麼菜？」

「什麼江豚，河蝦，還有一些很稀有的野生魚類。最貴的五百多塊錢一斤呢。還有幾樣小菜。」她笑著告訴我說。

「太奢華了。」我搖頭道。

她一怔，隨即用手指著我大笑。

我也笑，隨即問她：「不喝酒了？」

她搖頭，隨即低聲地道：「不喝了。今天我們吃完飯後早些回去，好不容易抓住了你，今天我得讓你好好喜歡我一次。」

「明明是我主動送上門來的，怎麼叫被你抓住了啊？」我說，心裏卻在想：怎麼才能儘快說到那個話題上面去呢？現在這樣可不大對勁啊，反而好像我在勾引她似的。

「馮笑，你真夠下流的。」她卻忽然這樣說道。

我頓時愕然，「我怎麼下流了？」

她看著我，眼神怪怪的，而且透出一種迷人的風情，「你說，你自己送到了我的門……嘻嘻！你還說你不下流？」

我哭笑不得，「明明是你自己想歪了，反而還來說我下流。」

她「吃吃」地笑，「既然你今天已經送到了我的門上來了，那就非得把你吞下去不可。」

「你這個蕩婦！」我低聲地對她說道。

她頓時怔住了，瞬之後才低聲地對我說道：「馮笑，本來我還很不習慣你的這種粗魯，現在我才發現你粗魯起來更讓我感到刺激。」

「據說我們每個人的身體裏都住著一隻妖怪，而我們每個人身體裏面的那隻妖怪各不相同。不過，人多數人身體裏的妖怪大致相同，那就是叛逆，自私和放蕩的綜合體。洪雅，看來你也一樣。」我笑著對她說道。

她搖頭，「不，我身體裏的那隻妖怪就是你。現在，我發現自己離不開你了，明明知道我們之間不會有什麼好結果，但是我卻偏偏不能忘記你。馮笑，難道這就是命嗎？」

她忽然變得神情黯然起來，聲音裏也帶著一種無奈和憂傷。

我看著她，靜靜地看著她，「洪雅，實話告訴你吧，今天是常姐讓我來找你的。」

她先是愕然的表情，隨即就變成了淡淡的神情，說道：「以前我什麼都聽她的，但是這次……那些富二代沒有一個是好人，那樣的人往往吃喝嫖賭五毒俱全。」

我即刻柔聲地對她說道：「我也不是什麼好人，你知道的。我已經結婚，但是依然放蕩，我們不會有什麼好結果的。反而我覺得姐的意見很對，你現在是應該到考慮自己個人問題的時候了。女人的美麗像鮮花一樣，並不是長年都在開放。洪雅，我說的是實話。現在你還年輕，美貌依舊，個人的事業也不錯，如果不趁現在找到自己的另一半，今後會後悔的。其實我始終覺得一個女人完美的一生應該包括擁有幸福的家庭，還要擁有自己的孩子。你現在這樣其實心裏很苦，我知道的。你說是吧？」

「可是，我和那個人並不熟悉，而且，我發現自己愛上的人是你。你說怎麼辦？」她說，然後雙眼直直地看著我。

我沒有想到她說得這麼直接，於是急忙地道：

「我和你開始不也是不熟悉的嗎？青梅竹馬、兩小無猜的事情畢竟是少數。我和你是不可能的，且不說我已經結婚的事實，就是我和常姐之間的關係也不可能讓我們有什麼結果的，你說是不是？況且，像我這樣的男人根本就不值得你動情，你這是浪費自己的情感。」

她看著我，滿眼的哀怨，「馮笑，你們男人怎麼都這麼狠心？」

「不是我狠心，而是我所說的都是我們所面臨的現實問題。現實總是很殘酷的。你說是不是？我老婆現在昏迷不醒，她是因為給我生孩子才變成這個樣子的，我不可能在這種情況下將她拋棄。我是男人，我可以背叛她，但是卻不能也不願去拋棄她。這就是現實。」我說，隨即歎息，因為我也想到了自己的一切。

她不說話。

我問她：「你和那個人是怎麼認識的？」

「年前我去北京辦點事情，在朋友的一次私人宴會上認識的。前不久這個人跑到我們江南來了，給我打了很多電話，還約我吃飯，我都沒有答應。後來他不知道從什麼地方知道了我和常姐的關係，於是就把常姐請出去了，結果常姐也把我叫去了。就這樣。」她說。

「不可能僅僅是這樣吧？我聽常姐講，好像這個人追求你的態度很誠懇的。」

我問道。

「這個人已經四十多歲了，結果還像年輕人那樣天天送我玫瑰花，真是無聊透了。最近他回北京去了，還天天讓這裏的花店給我送花。噁心死我了。」她說，隨即打了一個寒噤。

我頓時笑了起來，「這麼浪漫啊？很有情調的嘛。而且還很……高雅。呵呵！你不是很喜歡高雅嗎？人家這是投你所好。」

她頓時生氣地道：「馮笑，你別噁心我了，不然我不理你了啊。」

我不以為意，「洪雅，我還真的覺得在這件事情上你應該聽常姐的意見。有句話是怎麼說的？一個女人如果找不到一位自己喜歡的男人，那麼能夠找到一位喜歡自己的男人也是一件很幸運的事情。從你講的情況來看，這個人好像真的很喜歡你的。洪雅，機會難得啊，你可千萬不要隨便放棄了。」

「她還不是為了她自己的仕途才讓我去做出這樣的犧牲，不要以為我不知道。」她低聲地嘀咕了一句。

我頓時明白了原來她的癥結在這個地方，於是我對她說道：

「洪雅，也許常姐有這樣的想法，但是我覺得她有這樣的想法很自然。不過你的個人問題是你的，你今後的幸福也是你的。我相信，常姐即使有你說的那樣的想法，也只是被她擺在了第二位，她首先想到的應該還是你今後的幸福。你想想，如果你今後有了幸福，能夠和那個人幸福地在一起，常姐可以通過你的關係在仕途上走得更順利一些的話，又何樂而不為呢？所以，我覺得問題的關鍵不是你想的那樣，你不是為了常姐才去和那個人交往，而是為了你自己的幸福。你明白我的意思嗎？」

她不說話。我想了想後繼續地道：

「洪雅，想不到你都三十多歲的人了竟然還那麼逆反。逆反可是會害死人的，因為逆反的結果就是別人說什麼，你總是會反著去做，根本就不考慮對錯、是非的問題。也許你自己並不承認，但是我感覺到了它就在你內心的深處，骨子裏面，潛意識當中。這種逆反的心理往往是針對自己最尊敬、最喜歡的人的，我們的內心裏一方面會依賴某個人，但是這種長期的依賴過後就會發現對方把自己管得太嚴了，於是逆反就慢慢產生了。洪雅，你不要責怪常姐，也許她也有了一種習慣，因為你對她的依賴被她習慣了，所以才會在很多事情上自然而然地替你考慮。我們的父母不也經常這樣嗎？你仔細想想吧，仔細想了可能就明白了。」

這時候服務員開始上菜，很快就擺滿了一桌。可是洪雅卻一直沒有說話，她怔怔地看著桌上那一道道正在發出奇香的菜品。我並不著急，反而還有些高興，因為她的靜默就說明了她在思考，在品味我剛才的那些話，甚至還可能是在猶豫。

其實我心裏清楚，今天自己是帶著常育的任務來的，而且對於我來講，洪雅能夠找到她自己的幸福也是我的願望，同時也是我擺脫和她繼續那種關係的一個契機。對於我來講，並不希望自己和那麼多的女人一直有著那樣的關係，因為那種關係我自身無法擺脫和克制，唯一的辦法是讓她主動離開。在我的內心，我真的不希望自己再像這樣繼續地墮落下去了。

但是我知道自己無法擺脫這一切。或許可以通過洪雅的事情，讓我慢慢地得到解脫。比如現在的孫露露，還有阿珠和莊晴，至少我不會刻意地去想她們了。

洪雅終於說話了，「馮笑，我們喝點酒吧。」

我當然不會反對，因為我感覺到了她現在複雜的心緒，我還想道：或許酒精能夠讓她變得現實一些、清醒一些的。於是我說道：「好吧，你要五糧液還是茅台？」

她搖頭，「我們喝江南大麴吧。」

江南大麴可是高濃度白酒，而且價格便宜，我頓時明白了：她今天很想喝醉。醉了也好，明天就會醒來的。

後來我們開始喝酒，喝酒的速度極快，桌上那些價格昂貴的菜品幾乎沒被我們吃多少，而在酒精的作用下我也沒嘗到它們有什麼特別的美味。

最終的結果就是，我們都醉了。

「我開車，你明天來開你的車，你自己明天搭車來這裏開你的車。」她對我說，聲音含糊不清。

「你現在這樣子還能夠開車嗎？」我擔心地問她道。

「怎麼不能？我可是開了很多年的老駕駛員了。」她說。

「既然你可以自己開車，那我還是去開我自己的好了。這裏太遠了，我明天到這裏很麻煩的。」我說道。

「你還是男人呢，我喝成這個樣子你就放心啊？」她責怪我道。

「那我開你的車吧，我送你回去。」我說。現在，我心裏已經拿定了主意：從今天晚上開始絕不和她做那樣的事情了，不然的話這件事情將會變得更加糟糕起來的，而且還很可能會沒完沒了。更讓我擔心的是，如果再這樣繼續下去的話，常育肯定會責怪我的。

「好吧，這才像個男人嘛。」她朝我嫣然一笑，隨即過來挽住了我的胳膊，「我們走吧。」

可是，當我們剛剛走出酒樓外面的時候即刻就被叫住了，一個服務員快速地跑到我們面前客氣地對我說道：「先生，您還沒有結賬呢。」

「啊，我忘了。」洪雅說。

我頓時尷尬極了，因為我還是第一次遇到這樣的事情，而且這時候有好幾個剛剛吃完了飯的人從裏面出來了，他們都用一種鄙夷的眼神在看著我。

我急忙摸出錢包來，「對不起，我們可不是故意的。喝多了，忘了這回事情了。對不起。」

服務員倒是很有素質，「沒關係的，先生。我一看你就是有錢人，不可能在乎這點飯錢的。」

我心裏頓時覺得舒服起來，同時對這個服務員也有了好感，於是問她道：「多少錢？」

「兩千三百元，先生。」她笑吟吟地對我說。

「我來給。」洪雅說。

「這是兩千五百元，多出的兩百元算是我對你們的歉意。謝謝你。」我即刻數出二十五張百元面額的鈔票遞給了服務員。

洪雅頓時大笑起來，「馮笑，真好玩！想不到我們差點被人看成吃白食的。」

我苦笑著搖頭，「我也是第一次出現這樣的狀況。」

其實我知道是什麼原因，因為我總想到今天是她付賬。當然，現在出了這樣的事情了，我不可能把責任推到她的身上去。

她已經是步履蹣跚了，我扶著她在她車的副駕駛的位置上坐下，然後去開車。我也有些超量了，所以開車的速度很慢。讓我想不到的是，她竟然側身朝我匍匐了過來，雙手緊緊地米環抱住了我的頸部，嘴唇開始親吻我的臉頰。

我伸出一隻手去輕輕推她，「洪雅，別這樣啊，這樣會出事情的。」

她說：「我不管，我現在就要喜歡你。」

她說著，手已經拉開了我褲子前面的拉鏈，隨即將她的手伸了進去，我的那個部位頓時被她緊緊握住了，「馮笑，你都硬了，哈哈！」

我的心裏猛地一顫，大腦頓時眩暈了一瞬，手上的方向盤頓時晃動了一下，隨即便聽見車子的前面傳來了「砰」的一聲。「糟糕，撞車了！」我猛然地清醒了過來，同時大叫了一聲。

她即刻也發出了一聲驚叫。

下車後我才發現，原來剛才自己晃動方向盤的時候，竟然將車開上了馬路邊的人行道上面去了，車頭頓時撞到了人行道旁邊的那根水泥電線杆上面。

幸好速度不快。不過她的這輛白色的寶馬車頭已經變了形。

我急忙上車去將車倒了回去，洪雅看著車頭，忽然在那裏大笑起來。

「你看，這多危險？」我即刻批評她道。

「你自己技術出了問題，還來怪我。」她笑著說。

「不行，你自己開回去吧，我們這樣會出大事情的。」我說，即刻下了車，然後就朝剛才吃飯的那家酒樓跑去。

身後傳來了她氣急敗壞的叫喊聲。我轉身對她說道：「你自己回去吧，從現在開始，我不會再和你那樣了。」

第六章

肉包子打狗

其實我這是緩兵之計。
我對她所謂的投資一點都不感興趣。
我不是林易，不可能拿幾百萬的錢去玩什麼影視。
畢竟自己對那個行業一點都不瞭解。
假如自己真的拿出幾百萬去做那樣的事情的話，
結果很明顯，肯定是肉包子打狗有去無回了。

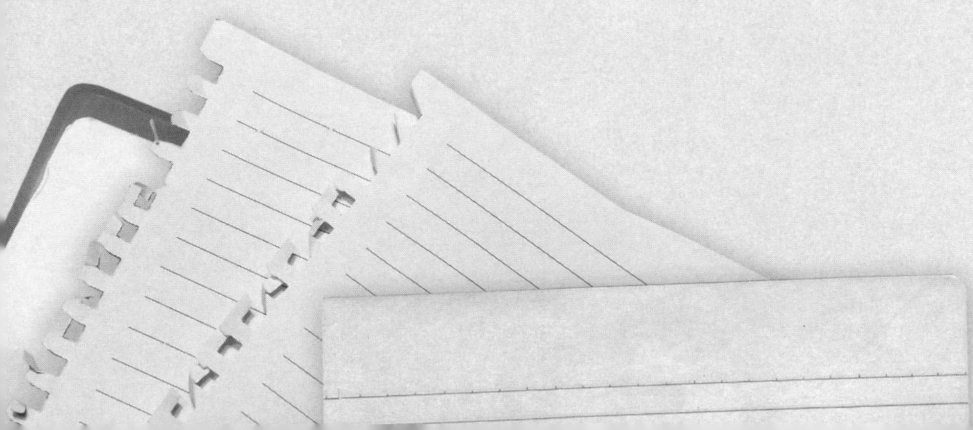

我在自己的車上坐了大約有十來分鐘後才將車緩緩開出。到了我們剛才出事的那地方後，發現她和她的車都沒有了蹤影，頓時鬆了一口氣。

不過我有些擔心，即刻開車朝別墅那裏而去。

當我看見那輛白色的寶馬停在她別墅門前的時候，我這才完全地放心了，於是調頭出了別墅區。誰說我心裏不想去自己的別墅那裏？要知道，余敏很可能在啊。但是我克制住了自己，我沒有給余敏打電話，也沒有開車去自己的別墅處看看她是不是在。

回到家裏後我快速去洗澡，然後將自己裏在被子裏。我必須讓自己馬上睡去，趁著還有酒意，不然的話我擔心自己心緒浮動，甚至會即刻出門回到別墅那裏去。現在，唯有睡眠才可以克制自己內心已經被洪雅撩撥出來的欲望。

第二天醒來的時候頓感頭痛欲裂。昨天晚上喝的那種酒確實很差勁，它的副作用就是這種頭痛。急忙起床去到櫃子裏面找了兩片止痛藥，吃下後五分鐘後就感覺好多了。忽然想起洪雅也可能有著我同樣的問題，想了想，還是忍不住給她打了電話過去。

她的電話接通了，而我的耳朵裏面聽到的卻是她痛苦的聲音，「馮笑，我的頭好痛……」

我急忙朝外面跑去，保姆在我身後大聲地道：「姑爺，你還沒吃早飯呢。」

「不吃了，我有急事。」我說了一聲，發現自己已經跑到了電梯門口。

在路上我順便買了一盒牛奶，還買了兩個煮熟的雞蛋，然後以最快的速度去到了洪雅那裏，她來給我開了門，我發現她的雙眼好紅，而且還腫得厲害。我急忙去給她倒了一杯水，然後將藥遞給了她。她接了過去，然後哀怨地看著我說了一句：「你還不是我想像中的那麼無情無義。」

我不禁苦笑，隨即對她說道：「我去上班了，一會兒你把牛奶和雞蛋吃了。對了，你的車儘快拿去修吧，不然進出會很不方便的。」

她說：「既然那個人那麼喜歡我，我就讓他先給我買一輛跑車。」

我看著她，「想通了？」

她沒有回答我，轉身朝裏面去了。

我歎息了一聲，然後出了她的別墅。我感覺到自己的內心更加孤寂，甚至還有一種悲傷的情緒。

可是，我萬萬沒有想到的是，後來發生的一切，根本就不是常育和我想像的那麼美好。

還有一件事情我也沒有想到，就在那天上午我接到了孫露露的電話，她告訴我說：「丹梅姐回來了，她說想請你晚上吃頓飯。」

我沒有任何驚喜的感覺，因為這個女人不過就是我曾經的一位病人罷了。不過想到她畢竟是孫露露的朋友，於是我批評她道：「露露，你搞錯了沒有？現在人家是客人，怎麼可能讓她請客啊？你現在可是一家擁有號稱上億資產公司的董事長了，你得好好請她吃頓飯才是。」

「我不是得請示你嗎？」她笑著說。

「我什麼時候管過你這樣的事情了？吃頓飯能夠花多少錢？最多也就幾萬吧？你這個董事長這樣的氣魄也沒有？露露啊，我發現你越有錢就變得越財迷了啊。」我笑道。

「這畢竟是私事嘛。既然你都說了，行，我馬上安排。嘻嘻！其實我早就安排好了，就是想讓你參加罷了。」她說，隨即在電話裏面輕笑。

我這才發現自己上了她的當，不過我覺得這樣的當上起來很愉快。

晚上孫露露把吃飯的地方安排在了一家五星級酒店裏面，她還叫上了公司裏面其他幾個人，董潔當然也在。結果我發現除了我之外，其他的全部是女人。

孫露露笑著對我說：「別擔心，一會兒童陽西會來的。」

我頓時笑了起來，「這是必然的，這也算是你準備向你丹梅姐彙報的工作之一吧？」

「討厭！」她笑著來輕輕打了我一下。可是，她的手剛剛接觸到我的衣服的時候就猛然地縮了回去，臉上頓時露出了尷尬的神色。

公司裏面的其他幾個人都笑了起來。

孫露露為什麼這樣我很清楚，因為她剛才肯定是一時忘記了我和她的那種關係已經斷絕，所以不應該像從前那樣親密，更何況這裏還有其他人在。那幾個人笑的原因就更簡單了，僅僅是因為孫露露剛才的動作很好笑。

「怎麼還沒來？」一會兒過後我問孫露露道。

「現在她是明星了，肯定還有很多應酬吧？」她說。

我頓時不悅地道：「這麼大架子啊？我回去了算了。你和她是朋友，你接待吧。」

「別啊，你理解一下吧，明星也身不由己啊。」孫露露即刻止住了我。

「現在的演員啊，剛剛出名就開始端架子了，有時候比官員端架子更厲害。不過演員和官員有一點是一樣的，他們都喜歡表演。不，還有一點，他們好像都覺得自己很了不起。」我苦笑著搖頭。

「別生氣了，你先去喝茶。董潔，過來陪馮醫生說說話，我下去看看。」孫露露即刻說道。

她真的出去了，董潔笑著朝我走了過來。這時候我忽然想起吳亞如來，心裏頓時忐忑，隨即去問董潔道：「你姨怎麼樣？最近和她聯繫過嗎？」

「她好像很忙，聽說她最近在搞一個什麼公司。」她回答說。

我很是詫異，「公司？」

她搖頭，「具體的我也不清楚，最近公司的事情太多了，我很少和她聯繫，就通過幾次電話。」

「你姨現在還是一個人，你要多關心她。也許你以前覺得她有些過分，但是她是因為關心你。」我說。

她點頭，臉頓時紅了，「嗯。」

正說著，我看見孫露露從外面走了進來，正做著請的手勢。即刻，我看見從外面進來了一個女人。

我明明知道進來的就是沈丹梅，但是卻發現她完全變了樣，變得我差點不認識她了。如果要是在大街上和她迎面相遇的話，我絕對認不出她來。

今天沈丹梅給我的第一個感覺就是她瘦了。她頭上戴著白色的鴨舌帽，把她半張臉都給遮住了，但卻沒有遮擋住她的漂亮。清澈明亮的瞳孔，彎彎的柳眉，長長的睫毛微微地顫動著，白皙無瑕的肌膚透出淡淡紅粉，薄薄的雙唇如玫瑰花瓣嬌嫩欲滴，她嘴角有著完美弧度，透著一股自信，黑百相間的休閒服把她襯托出一種神秘的氣質。

總之，我眼前的她是一個散發出成熟女人氣質、並有著一種濃厚女人味的漂亮女人。她的女人味給人以靜若清池，動如漣漪的感覺。朱自清先生有過這樣一段對女人的描述：「女人有她溫柔的空氣，如聽簫聲，如嗅玫瑰，如水似蜜，如煙似霧，籠罩著我們。她的一舉步，一伸腰，一掠髮，一轉眼，都如蜜在流，水在蕩……女人的微笑是半開的花朵，裏面流溢著詩與畫，還有無聲的音樂。」我覺得這些詞語用在沈丹梅身上都很合適。

不過，在我的內心裏還是覺得以前的她更好看，因為她的豐腴。雖然以前的她沒有現在這種迷人的氣韻，但是我覺得那時候的她更真實。

現在，她已經來到了，我急忙微笑著朝她走了過去，她正在朝我微微地張開她的雙臂，「馮醫生，你還是那麼帥啊？」

她的笑讓我完全地認出了她來，不錯，確實是她，她就是沈丹梅。

我們輕輕地擁抱了一下，她身上頓時朝我傳來了令人心醉的香味。我不懂香水，但是她身上傳來的香味確實很特別，我很喜歡。

隨即，我去將自己身旁的椅子朝後輕輕拖了一下，然後請她坐下。她笑著對我說了一聲「謝謝」後又道：「想不到馮醫生變得如此的有紳士風度了，這樣的待遇在國內很難享受得到，我覺得自己好像是到了英國。」

我在她身旁坐下，然後安排孫露露坐到我的另一側，孫露露說：「不，我要挨著丹梅姐坐，讓董潔坐那裏吧。」

我頓時想起了童陽西還要來的事情，很明顯，孫露露一方面確實是想挨著沈丹梅坐，因為那樣她們好說話，而另一方面又可以不至於讓童陽西發生誤會。於是我笑道：「行，那小董來挨著我坐吧，你們其他的人就隨便吧。」

等大家都坐下後，孫露露隨即問我：「那我讓服務員上菜了啊？」

「童陽西呢？他怎麼還沒有到？這傢伙搞什麼名堂？怎麼一點不給你面子？」我問孫露露道。其實我心裏也很不高興了。

「他被那裏的市長叫去談專案的事情了，現在正在路上。我們不等他了，丹梅姐和大家肯定都餓了。」她說。

「這樣啊，行，那我們開始吧。露露，你點了什麼酒？」我問道。

「我和丹梅姐很久沒見面了，今天大家當然得喝白酒了。茅台酒不好喝，我點了五糧液。」孫露露說。

我去看沈丹梅，「那就五糧液好嗎？回國了還是要喝國內的酒好。」

「行。」她笑著說，「國外的酒其實一點都不好喝。」

我笑道：「那是當然。你想想，當歐洲人還在茹毛飲血的時候，我們的祖先就開始製作佳釀和其他美食了。露露，五糧液，讓服務員多拿幾瓶來，一次拿來。呵呵！你們不知道，酒樓裏經常搞這個名堂，他們拿來的第一瓶往往是真酒，但是當客人的嘴巴喝麻木後就開始拿假酒來了，反正喝醉了的人嘗不出真假來。對了，在座的各位美女們，今天你們可要多敬丹梅小姐幾杯酒啊，她現在可是明星，像這樣與明星坐在一起喝酒的機會可不多啊。」

「馮醫生，這樣可不行。你這樣不是存心想把我灌醉嗎？今天我可不是什麼明星，我們是朋友呢。妹妹們，現在在座的可就馮醫生一個男人啊，他還是你們真正的老闆，你們如果不趁這個機會多敬他幾杯酒的話，今後誰就是被炒魷魚的對象哦。」沈丹梅即刻說道。

「我不會這麼沒氣量吧？」我笑著說道。

所有的人又大笑。

服務員在開始上菜，孫露露親自給大家倒酒。我發現孫露露今天安排的菜品確實不錯，至少看上去色澤很好，搭配也比較合理。但是我知道，它們的味道肯定很一般。那次黃省長說的話很有道理，這樣的體驗我已經不止一次了。

當然，我們今天的目的不僅僅是為了吃，所以我才讓孫露露特地安排在這樣一處高檔的地方。

趁服務員上菜和孫露露倒酒的這個當口，我開始去問沈丹梅那個我內心最想知道的問題，「丹梅小姐，我現在就很想知道你這次回來究竟有什麼事，你可以告訴我嗎？趁我們都還沒有喝醉的時候。你要知道，我這個人可是有個原則的，凡是在喝醉酒的情況下答應了的事情，都不算數。」

她笑道：「馮醫生，你怎麼還這麼客氣？丹梅小姐、丹梅小姐的這樣叫我，我一點都不習慣。你把那個『小』字去掉不行啊？」

我大笑，「你比我小那麼多，想占我便宜啊？」

她也笑，「那你就叫我丹梅吧。這樣聽起來覺得舒服。」

這下我完全確定她真的是找我有事情了，於是我說道：「好吧，丹梅，剛才我問你的問題，你現在可以回答我了吧？」

她卻問我道：「你怎麼知道我找你有事？難道我回江南來玩一趟不可以嗎？」

我笑道：「當然可以，原來是我想錯了，看來我還是脫離不了庸俗的品味啊。

太好了，既然沒有事情的話，那我們更應該好好喝酒了。丹梅，我們可是老朋友了，今天難得見面，我們可要不醉不歸哦？」

我這叫欲擒故縱，除非她真的沒有事情找我。但是這樣也太不符合邏輯了吧？

果然，她朝我嫣然一笑，「馮大哥真是太聰明了。行，那我就直接說了啊？」

我朝她微笑，同時我眼睛的餘光發現孫露露似乎忽然變得不大自然起來，心裏不禁暗暗地詫異：難道她馬上要對我說的事情和孫露露有關係？

「說吧，我喜歡直接。大家都是朋友了，講出來後如果我能夠效勞的話，我會盡力而為，如果我辦不了呢，我就直說了。」於是我淡淡地道。有些話要說在前面，免得到時候大家尷尬。

「馮大哥辦得到的，如果你辦不到的話，我就不說了。」她笑吟吟地道。

「那你說說，現在我反倒好奇了。」我也笑。

「馮大哥，我很感謝你，我離開江南後你把我露露妹妹關照得這麼好。這次從國外回來後，我第一件想到的事情就是來拜訪你。以前我第一次見你的時候，就知道你是一個很不錯的人，看來我當時的感覺是對的……」她開始說，但是卻被我即刻地打斷了她的話，「丹梅，我說了，我們是老朋友了，所以我們之間不要那麼客氣。有什麼事情就直接講吧。呵呵！對不起，雖然我知道打斷你的話很不禮貌，但是我更不希望你依然那麼客氣。你看，酒菜都上桌了，你不儘快講完事情的話，大家都不好動筷子。」

她笑得花枝亂顫，「你看我，怎麼這麼嘮叨呢？」

正說著，童陽西到了，他進來後不住向我道歉，我笑著對他說：「沒事，你忙是好事情。露露，還不快點把他介紹給你丹梅姐？」

孫露露即刻介紹了，童陽西很激動地樣子，「丹梅姐，你演的電視劇我看過了。你真人比電視裏還漂亮，今天太幸運了。」

沈丹梅大笑了起來，隨即去對孫露露道：「露露妹子，你這位男朋友很會說話啊。不錯，我喜歡他。」

隨即，童陽西坐到了孫露露的旁邊，那裏早已經給他留下了位置。

我即刻對沈丹梅說道：「這樣吧，我們先開始，人都已經到齊了，我們邊吃邊說事情。不過最好在我喝醉之前說完，不然的話明天我可不認賬。」

桌上的人都笑。

於是我舉杯，「來，我們共同舉杯，歡迎我們尊敬的沈丹梅小姐榮歸故里。呵呵！這是場面上的話。接下來我表達另外一層意思。丹梅還沒出國之前我們就是好朋友了，說實在話，我很感激她，因為如果沒有她的話，我也就不會認識孫露露了，而認識了孫露露後，我的公司就有了一位優秀的管理人才了。所以，飲水思源、歸根究柢還是應該感謝丹梅你才是。我想，露露的想法應該和我是一樣的，總之一句話，話在酒中，情也在這杯酒中。來，讓我們共同舉杯，一起敬我們漂亮的丹梅。」

「馮大哥說得太好了。丹梅姐，我們都敬你，歡迎你回來。」孫露露說道。剛才，在我說到我很感謝沈丹梅介紹我認識孫露露的時候，孫露露明顯的緊張了，我清清楚楚地把她緊張的表情看在了眼裏。

第一杯酒大家一起喝下去了後，我開始單獨去敬沈丹梅，就說了五個字，「歡迎你回來。」

「謝謝你，馮大哥。」她朝我笑。她的笑很迷人。

然後在座的人分別去敬她，從孫露露開始，她拉著童陽西一起去敬沈丹梅。

「丹梅姐，我一直很想你。」孫露露說，竟然流下了眼淚。

沈丹梅也很激動的樣子，看著她在笑，「露露，你越來越漂亮啦。今天見到你我也很高興。以前我們都是通過電話聯繫，今天終於見面了。小童很帥啊，我祝賀露露妹妹你終於找到了歸宿。」

三個人即刻將酒喝下了，接下來是在座的其他人都去敬沈丹梅的酒，包括我身旁的董潔。

接下來孫露露來敬我的酒，我知道她一開始的話，後面的人接著都要來了，那今天晚上就會變成單純喝酒的場面了。所以我即刻地制止了她，「露露，你別忙。我現在很想聽丹梅把前面的事情講完。我這人有個毛病，那就是好奇心很重，剛才她才開始說就被打斷了，現在我心癢難搔得很呢。」

所有的人都在笑。

沈丹梅朝我嫣然而笑，雙目顧盼間極是迷人，她舉杯對我說道：「馮大哥，我先回敬你一杯後再說。可以吧？」

這下我不好拒絕了，於是笑道：「行，謝謝你。」

酒喝下後我去看著她，她卻去看了孫露露一眼後才來問我道：「馮大哥，你覺得露露適合當演員呢？還是適合當現在的這個董事長？」

我心裏雖然詫異，但是卻知道她必有深意，於是笑著回答道：「我沒有看過她演戲，不過她當董事長很合格，而且很優秀。正因為我不瞭解她當演員的情況，所以我無從比較。」

「那麼，馮大哥你呢？你是希望自己能夠成為一位醫術超群的醫生呢？還是當一個很有錢的富翁？二選一啊，只能選擇一種答案。」她又問道。

「我學的是醫學，當然希望自己在自己的專業上有所建樹了。不過這裏面有區別，我做專案是為了賺錢，這是物質追求。我當醫生是為了理想，這是我的精神追求。兩者都不可缺。」我回答道。

沈丹梅巧笑嫣然，「馮大哥能力超群，當然可以做到二者兼顧了。不過剛才馮大哥話中的意思我可是聽明白了，你首先選擇的是自己的理想，想當一名優秀的醫生是吧？」

我微微地笑，「可以這樣理解。」不過我心裏卻在想道：她這樣七拐八彎地說這些事情幹嘛？

「我和露露都是學京劇的，雖然我剛到國外的時候是搞餐飲，但那正如你所說的那樣，那只是一種生存的需要，是物質需求，所以在我遇到國內到那裏拍外景的劇組後就和他們合作了，現在我終於實現了自己的夢想，當上了一名演員。但是露露呢？據我所知，她內心最大的夢想還是當演員啊。你說是不是啊露露？」她隨即去問孫露露道。

孫露露不說話，她看了我一眼後，頓時臉紅了。

我似乎明白了，但是又不完全明白，「丹梅，你的意思是說露露不想當這個董事長了？她想和你一起去拍戲？」

「也對，也不對。」沈丹梅卻笑著這樣回答我道。

我頓時詫異起來，「那你的意思是什麼？」

沈丹梅歎息道：「現在江南京劇團很不景氣，露露出來給你打工也是迫不得已。不過她骨子裏還是希望自己能夠當一名演員，這我完全清楚。我們每個人都有自己的夢想，可是，並不是每個人的夢想都那麼容易實現的，這需要自己的能力，還需要運氣，更需要別人的幫助。我說的對吧馮大哥？畢竟像我這樣的偶然和運氣不是每個當演員的都能夠碰到的。」

我點頭，「這倒是，不過我還是不明白你的話。你認為我可以為你們做些什麼呢？」

「馮大哥，最近我選了一個不錯的劇本，我想自己拍攝一部電視劇。但是我需要投資人。既然是我自己導演的電視劇，裏面的演員就是我說了算。所以這對我、對露露來講都是一次難得的機會。馮大哥現在的經濟實力雄厚，就是不知道你對影視投資這方面有沒有興趣？」她隨即說道。

我這才恍然大悟：原來如此！我說嘛，這就好解釋一切了。

「丹梅，你以前有過導演電視劇的經驗嗎？電視劇拍攝出來後如何發行，如何收回成本這方面的問題你想過嗎？呵呵！對不起啊，我喜歡直接問問題。」於是我說道。

「每個行業內的許多問題在外人看來都很複雜，但是作為我們圈內的人來講其實很簡單。關鍵的問題是劇本，還有演員的表演水準怎麼樣。當然，前期的宣傳也很重要。」她說。

「需要多大的投資額度？」我問道。

「因為這是我第一次自己做電視劇，所以我也很謹慎，預計全部投資在八百萬左右吧，包括宣傳的費用。」她說，隨即又道：「這樣的投資對一部電視劇來講算是中等量的。」

我搖頭，「八百萬不是一筆小數目，目前我拿不出來。露露知道，現在我們專案的資金缺口也很大，而且我確實對影視行業不瞭解，所以可能我無能為力。丹梅，對不起啊，或許過幾年等我手上的資金空閒了下來後，就好辦了。」

她不以為意地道：「我知道你的情況，露露都對我講了。目前你實在困難的話五百萬也行，我可以從其他管道想想辦法。」

我笑道：「這樣吧，這件事情我們今天不談了，現在談這樣的事情影響我們聚會的氣氛。而且我目前對所有的情況都不瞭解，也不可能現在就答應你這件事情。我們以後再說吧。今天我們的主要任務是喝酒、敘舊。你說好嗎，丹梅？」

其實我這是緩兵之計。說實在話，我對她的這個所謂的投資一點都不感興趣。我不是林易，我沒有那麼雄厚的資金，不可能拿幾百萬的錢去玩什麼影視。畢竟自己對那個行業一點都不瞭解。在我看來，假如自己真的拿出幾百萬去做那樣的事情的話，結果很明顯，肯定是肉包子打狗有去無回了。

沈丹梅笑道：「好，我聽馮大哥的。馮大哥，如果明天你有空的話，我讓露露把劇本拿給你先看看吧。可以嗎？」

我當然懂得她的心思：畢竟我沒有拒絕嘛，所以她覺得這件事情很有希望。還有，她肯定知道我和孫露露的關係，所以才覺得我會拿出這筆錢來實現孫露露所謂的夢想。

我笑道：「行。好了，我們不說這件事情了。你看，大家都沒吃東西呢。來，我們喝酒，多吃菜！」

後來我們都不再談及這件事情了，也就說一些以前的事情，還有專案上面目前存在的問題。不過氣氛倒是不錯，我也喝了不少的酒。

吃完飯後我向沈丹梅告辭，同時對孫露露說道：「你安排一下下面的事情，看丹梅喜歡什麼，唱歌也行，去做美容也可以，你看著辦吧。丹梅，你今天怎麼來的？搭車來的嗎？」

「露露派駕駛員來接我的。我現在住在北京，車也在那裏。馮大哥，我們一起去唱歌吧。」沈丹梅說道。

我搖頭歉意地道：「現在我可是身不由己啊。沒辦法，不像以前那樣閑了。」

「我和丹梅姐去做美容吧。」孫露露說。

我朝她點頭，隨即去開車。卻發現童陽西朝我跑了過來，我即刻讓他坐到我車上的副駕駛的位置上然後問他：「小童，有事嗎？」

他看著我欲言又止。我微笑著對他說道：「說吧，有什麼話就說。」

「馮醫生，我覺得這個投資你要謹慎一些。」他終於說出了口來。

我看著他笑，「沈丹梅的意思很明顯了，她是想讓孫露露去演其中的一個角色。難道你不支持孫露露實現她的夢想？呵呵！我可是看得出來的，孫露露其實還是很想當演員的啊。」

「可是，投資人是你，她們可不擔任何的風險。這個沈丹梅，她以前可從來沒有導演過電視劇。我們國家每年生產出那麼多的電視劇來，其中究竟有幾部是賺了錢的？所以我覺得這件事情的風險極大。」他說。

說實話，以前我對他並沒有多深的印象，完全是看在他是童瑤堂弟的份上才把他介紹給了林易，雖然最近和他在一起吃過幾次飯，但是他的沉默寡言讓我很懷疑他的能力，而且還因為他是孫露露的男朋友而對他有些排斥。但是現在我卻被他感動了，因為他作為孫露露的男朋友，能夠像這樣來提醒我，就已經說明了他是一個心地善良的人，而且也很具有清醒的頭腦。

不過我還是懷疑他是替孫露露來探聽消息的，於是我笑道：「我仔細想想後再說吧。這不是一筆小數目，我當然得慎重考慮啦。不過我謝謝你，小童，謝謝你的提醒。」

他朝我笑了笑，然後下車離開了。

看著他離去的背影，我忽然感到一種慚愧：看來孫露露的眼光確實不錯，至少這個小夥子比我想像中的優秀。

不過我忽然想到今天答應了沈丹梅，明天讓孫露露拿劇本來我看的事情。其實我對劇本的好壞根本就沒有任何概念，但是有一件事情是我必須去面對的：明天我要和孫露露碰面，而日不管答應與不答應這項投資，我都得給她一種說法。

所以，我在將車開出了酒店後的第一件事情，就是給林易打電話。

「林叔叔，上次你投資的那個電視劇收益怎樣？」電話接通後，我直接問道。

「你怎麼忽然想起問這件事情？」他詫異地問我道。

「呵呵！隨便問問。主要是想要瞭解一下情況。」我說。

「聽說今年下半年要在中央一台的黃金時間播出。從目前的情況來看，至少不會虧本。」他回答說。

「拍電視劇真的風險不大？」我又問道。

「那得看是什麼級別的導演，裏面的演員怎麼樣，如何宣傳和行銷，還有廣告的植入等等。裏面很複雜，出現虧損的情況也不少。」他說，隨即問我道：「怎麼？你也準備投資那個方面？馮笑，你不懂那個行業，千萬不要隨便去涉足那個行業，除非你有很多的錢。上次我決定投資那部電視劇完全是看在你的面上想幫莊晴一次，而且那位導演的情況我很瞭解，否則的話我才不會輕易去投資呢。這次章院長女兒的事情我一直猶豫也有其中的道理，一部電視劇幾百、上千萬的投資，如果虧損了的話，我還不如把那些錢拿去資助農村的貧困兒童呢。你說是不是？」

我想了想，還是把今天沈丹梅的事情對他講了。

他聽完後對我說道：「電視劇的事情肯定不要考慮了。不過我有另外一個想法。你現在有空嗎？如果空的話，就到我家裏來吧，我們當面說最好。」

我連聲答應。我知道，每次和他在一起談事情對我會有很大的幫助。他的智慧可不是一般的人能夠具有的。

直接開車去到了他家。

第七章

燙手山芋

這二十萬對我來講並不算什麼大數額的一筆錢，
但如果我辦不成唐院長的事情的話，豈不是更麻煩？
現在的問題是我不能馬上把這筆錢還給他，
而且如果事情辦不成的話會很沒面子，辦成了呢……
我覺得辦成了去還給他似乎也不大對。
但是對於我來說，我根本就不想要他的這筆錢！

還是在他的書房裏面，一壺清茶，兩隻茶杯，我們在兩張寬大的籐椅裏面相對而坐。

「你很為難是不是？很擔心這件事情影響到了孫露露的情緒，擔心因此會影響到你專案下一步的運行是不是？」他笑眯眯地看著我問道。

我對他欽佩不已，連連點頭道：「確實是這樣，而且我覺得這件事情的風險極大。正如你說的那樣，我對那方面並不熟悉。」

「問題的關鍵還不在這裏。」他說，「我擔心的是這個沈丹梅，也許是我太多疑。不過我實話告訴你吧，剛才我聽你一講這件事情就覺得很玄，我總覺得這裏面有些問題。」

我頓時明白了他話中的意思了，「你的意思是說這個沈丹梅不可信？」

他搖頭道：「現在沒有任何的證據說明這個女人不可信。不過從我以前對這個女人的瞭解，可以感覺得到這筆投資很不安全。其實你心裏也很清楚，你想想，一個曾經為了錢連自己身體都可以出讓的女人，什麼樣的事情幹不出來？對，你也許會說那時候她是沒有辦法，只能那樣去做。但是孫露露就和她不一樣，因為孫露露有她自己的原則。一個沒有底線、沒有做人原則的人是很可怕的。馮笑，你千萬要記住這一點。不過我理解你現在的想法，因為我相信你顧及的是如何去說服孫露露。現在的情況很明顯了，沈丹梅肯定用她的方式迷惑了孫露露，而你卻必須要去說服孫露露，這才是你覺得不好辦的地方。馮笑，我沒有說錯吧？」

我由衷地道：「林叔叔，你真是高人啊，完全是如此。可是，這件事情該怎麼辦才好呢？你剛才說的那個專案究竟是什麼？」

他隨即將他的想法告訴了我，我聽了後頓時大喜。

第二天，孫露露果然給我打電話來了。她對我說：「丹梅姐讓我把劇本拿給你看看。」

她的這個電話讓我明白了一點：看來林易的分析是對的，她確實被沈丹梅答應讓她去演電視劇的事情給誘惑了。不過從中也可以讓我明白了一點，那就是她依然有著強烈的想要當演員的夢想。

也許，曾經她一度將那個夢想埋在了心底，因為那是一種無奈。但是現在沈丹梅重新點燃了她的這個希望，所以她內心的那個夢想頓時復甦了。

正因為如此，林易想到了一個辦法，他的這個辦法不但可以滿足孫露露的那個夢想的實現，同時又可以避免我投資遭遇到損失。

我很佩服林易，因為他能夠在我給他講完了事情的那一瞬間就有了一個明確的構想，這可不是一般的人能夠做到的。

「這樣吧，你到我們醫院對面的那家茶樓來，我馬上從醫院出來。我們見面後慢慢說。」我即刻對她說道。她非常高興地答應了。

可是，我剛剛和她通完了電話後就即刻接到了唐院長的電話，他讓我馬上去他辦公室一趟。我知道他是要我去幹什麼。

在去往唐院長辦公室的路上，我給孫露露發了一則簡訊：你到了後等我一會兒，醫院領導找我說點事情後我馬上就來。

唐院長很客氣，他親自給我泡了茶。

既然我知道了他找我什麼事情，而且孫露露還在等我，所以我就不想耽誤時間了，於是我主動地對他說道：「唐院長，您的事情我已經給相關的領導講了。這件事情我以前也告訴過您。反正他們是答應了的，現在的情況我還沒來得及問，要不我再替您問問？」

「章院長已經去學校那邊上班去了，今天去的。現在醫院是由桑院長在負責，他畢竟是常務副院長嘛。不過我很擔心這件事情，因為直到現在為止一點消息都沒有，而且桑院長是章院長的人，這你應該清楚。」他說。

我本來並不清楚這件事情，因為我從來不關心醫院領導之間的這些事情。不過我還是朝著他點了點頭，「這樣吧，我馬上問問，問了後我即刻給您回話。」

「謝謝你。」他說，「我知道你去辦這些事情也是需要費用的，這樣，我這裏有張卡，你先拿去。如果裏面的錢不夠的話，我今後會給你補上。」

他說著就拿出了一張銀行卡朝我遞了過來。我急忙地拒絕，「唐院長，這千萬不行。我說了，我會盡力幫您這個忙的。您是我老師啊，不需要的。」

這是我第一次遇到領導來賄賂我的事情，頓時讓我感到有些手忙腳亂起來。

他笑道：「你必須拿著。不然的話我會認為你不想真正幫我的。裏面的錢不多，希望你不要嫌少了。」

我依然拒絕，「唐院長，真的不需要。」

「小馮，我雖然長期在醫院裏面工作，但是社會上的事情我還是很清楚的。現在做什麼事情不需要錢啊？你拿著吧。不然的話我就沒有臉面了。」他卻即刻變得嚴肅起來。

我頓時不知所措了。他卻即刻從座位上站了起來，將那張卡放到了我的衣服兜裏，「密碼是五個零。小馮，麻煩你了。」

我不知道自己是怎麼離開他辦公室的，因為後來的整個過程，我的腦子裏面都是一片空白。我實在不能相信這件事情是真的。

出了醫院後我過馬路去到了茶樓下面，忽然看見前面不遠處有個銀行櫃員機，心裏頓時一動，急忙將那張卡塞進去查詢了一下，發現裏面的數額是二十萬元整。這個唐院長還真是下了血本了。我心裏想道。同時也感到了一種巨大的壓力：這二十萬對我來講並不算什麼大數額的一筆錢，但是就這件事情來講卻非同尋常。如果我辦不成他的事情的話豈不是更麻煩？現在的問題是我不能馬上把這筆錢還給他，而且如果事情辦不成的話會很沒面子，辦成了呢……我覺得辦成了去還給他似乎也不大對。但是對於我來說，我根本就不想要他的這筆錢！

忽然，我有了一個主意。於是我心想：或許這樣才是最好的辦法。

到了茶樓後，我看見孫露露已經坐在一處靠窗的位置在等我了。她看到我後就即刻站了起來在那裏等候我。我發現她今天的打扮特別漂亮，而且看上去很清爽。仔細一看才明白了為什麼，因為她上身穿的是一件寬鬆的粉紅色薄毛衣，下身是一條牛仔褲。最關鍵的是她的頭髮和以前不一樣了，就那麼簡單地梳在了腦後，露出了她圓潤光潔的額頭，這讓她看上去身材極其修長，皮膚也顯得更加白皙，而且還有一種學生模樣般的清純。

「呵呵！今天你好漂亮！」因為昨天晚上才得到了林易的指點，所以我心中有數，而且心情也很愉快。因此，我現在的狀態很放鬆。

「是嗎？成天在公司裏面老是穿那種職業服裝，我自己都覺得自己變老了。」她笑著說道。

「你本身就漂亮，各有各的味道。」我說，隨即坐下。

她給我面前的茶杯倒滿了茶，隨即問我道：「現在就把劇本給你嗎？」

我搖頭，「露露，你知道的，我根本就看不懂那東西。」

她的神情頓時黯然，「那你的意思是？」

我看著她，「露露，你還是很想搞你的本行，想在演藝事業上有所發展。是吧？」

她猶豫了一下後才微微地點頭，然後低聲地道：「那畢竟是我的夢想。」

「演電視劇就是你所有的夢想嗎？你要知道，即使你演了一部電視劇也不一定可以出名的。現在全國的演員那麼多，專業院校畢業的就不少，真正紅了的又有幾個呢？你說是不是這樣？」於是我問她道。

「但是，那總是我的夢想啊，總得去嘗試一下吧？」她低頭說道，不敢來看我。

我點頭，「那麼，如果我有另外一種方式，讓你去從事演藝事業，而且也不至於讓我的投資遭遇到巨大的風險，你願不願意去做這樣的事情？」

她猛然地抬起頭來，滿眼的驚喜，「馮大哥，快告訴我，你的打算究竟是什麼？」

我朝她微微一笑，即刻把昨天林易告訴我的那個想法說了出來。當然，我沒有對她提及這是林易的主意。

林易的構想是這樣的——

與省京劇團合作，利用京劇團面前的那塊土地搞一個大型的綜合性演藝會所，不是傳統的劇場。然後將演藝會所周圍的土地作為房地產開發。

昨天晚上最開始的時候我沒有明白演藝會所究竟是一種什麼樣的概念，後來經過他的解釋後我才明白了。

演藝會所其實就是將當前的潮流娛樂進行全新融合後的大舞台演藝場所，相當於在一處大型酒吧裏面看演出。此外，還會在這個演藝場所的外面設計一些豪華多功能風格大廳，豪華商務ＫＴＶ等，採用頂級的音響設備給為客人提供品質服務，徹底革新當前的娛樂服務模式，從視、聽、唱三方面讓人們得到前所未有耳目一新的尊貴享受。

「目前，在北京、上海、西安等大城市都有了這樣的演藝會所，生意非常火爆，利潤也相當可觀。而且，這樣的會所為娛樂界那些不是特別知名的演員提供了許多機會。去年我到西安出差時，被那裏的朋友邀請去看了一次演藝吧裏的演出，說實話，我覺得那幾個歌手並不比那些知名的差多少。而且裏面的氣氛極其熱烈，台上的演員自由、自如地在演出，下面的觀眾一邊喝著酒、一邊肆意地揮發著內心的喜怒哀樂，整個場面讓人熱血沸騰。還有裏面的小品也很不錯，沒有那些說教式的內容和表演形式，完全是民間的那種模式，讓人在開懷大笑的同時又讓人感覺到一種親切和真實……」林易當時告訴我說。

他這樣一說我就知道了，「我們江南也有那樣的地方啊？我去看過。」

他搖頭，「我們江南目前的那些只能叫演藝吧，檔次太低，演員幾乎都是本地的，場面也不夠宏大。會所的概念就不一樣了，既要有大眾需要的娛樂形式，又要滿足高端人群的需要，這才是我們需要去努力的方向。」

聽到他說的是「我們」，我頓時就明白了：原來他也會投資。不過我心裏就更加踏實了，因為凡是他準備投資的專案，往往就不會出現虧損的情況，而且今後的資金問題也可以得到充分的保障。

但是，我還有一個顧慮，「可是，京劇團會答應與我們合作嗎？」

林易當時頓時就笑了起來，「以前很多開發商都想去和京劇團合作，但是都被拒絕了，最近我才發現了其中最根本的原因。京劇團不管怎麼樣也算是一家獨立的單位，他們現在最害怕的就是因為房地產開發後政府會把京劇團這個單位取締掉。因為對於一家省級的京劇團來講是無關緊要的，它的存在反而還會增加財政的負擔，佔用事業單位的編制。但是如果我們採用這樣的方式，只要今後的開發緊緊與文化掛鈎的話，我相信京劇團是會同意的。」

雖然我覺得他說的很有道理，但還是有些擔憂，「萬一京劇團不同意呢？我可聽說過京劇團的團長思想可不是一般的保守呢。」

「只要與文化掛鈎，然後省裏有領導打招呼的話，這件事情就很好辦了。政治是要講高度的，我們做生意的人也要用政治的高度去爭取自己的專案。這件事情你放心好了，現在我已經和省文化廳的廳長接觸過幾次了，從目前的情況來看問題不大，省文化廳已經將那份『關於振興京劇、加速發展江南文化事業』的報告打到省政府了，現在最關鍵的是需要一位省級領導出面批示一下就可以了。這個工作你可以去做，只要黃省長給分管文化的副省長打個招呼就行。」他說道。

我這才明白原來他早就未雨綢繆了，早就把有些工作做到前面去了。

「其實我一直看好京劇團那塊土地，可惜的是一直找不到機會去說服他們。最近我還在想呢，是不是等現任的那位團長退休了再說。但是你知道的，目前的土地價格越來越高，特別是市中心的土地，現在根本就找不到了。京劇團裏需要拆遷的房屋並不多，而且都是低層，今後建設的成本很低，那真是一塊肥肉啊。所以你剛才在電話裏一說到那件事情的時候，我即刻就想到了這個專案。馮笑，你那同學不是黃省長的秘書嗎？這件事情你可以和他好好聊聊。如果有他和常書記在中間做工作的話，事情百分之九十九會成功。」他繼續地說道。

「那今後合作的模式呢？」於是我問道。

「京劇團出土地，我們出資金。今後雙方共同管理，他們可以派出人員來參加管理。你想，孫露露目前還是京劇團的演員，同時又是你公司的董事長，她具備這兩種身分，今後我們完全可以讓她擔任演藝會所的負責人，同時京劇團未來的團長也就非她莫屬了。你就這樣去和孫露露談，她一定很感興趣的。因為她也可以借此機會將京劇團發展壯大起來，只要未來的京劇團有了一定的反經濟實力後，她想拍電視劇、電影什麼的，還不就她一句話的事情？總比現在這樣盲目地去投資風險小吧？」他笑著對我說道。

於是我就想：如果我是孫露露的話，會怎麼想呢？答案是肯定的，我肯定會贊同這樣的模式，因為這樣的模式不管對她個人，還是她現在的單位，都是最好的選擇。

回到家後我即刻給康得茂打了個電話，把這件事情簡要地對他講了一遍，他大為讚賞，「林老闆真是一個人物。最近省委那邊還正在研究文化改革的問題，正要求我們政府這邊拿出具體的方案呢。你知道省政府這邊文化改革領導小組的負責人是誰嗎？就是黃省長。太好了，我有機會私下把你們的這個想法對他講一下，他一定會很感興趣的。不過，你們的方案欠缺了一樣最重要的東西，因為作為省委、省政府來講，他們是非常重視樣板工程和形象工程的。假如你們提出和省文化廳共同籌資建設一家大型歌劇院什麼的，然後把這個專案作為附加條件的話就更好了。」

於是我即刻又給林易打了個電話，把康得茂的想法告訴了他。林易聽後不禁感歎，「馮笑，你這個同學今後一定會前途無量的，最近你抽時間把他約出來和我一起吃頓飯，我很想交他這個朋友。他的這個主意出得太妙了，也只有他那樣位置而且和你有著特殊關係的人才會向你提出如此中肯的建議。就他這幾句話，起碼價值上億元。真是太好了……」

我不明白，「歌劇院，那樣的地方今後怎麼賺錢？而且投入會很不小吧？」

「歌劇院當然不會賺錢，但是投資並不需要多大，最多也就十來個億吧，這樣的投資就可以建一座非常現代化的一流的歌劇院了。因為政府會實行劃撥土地，只要土地的價格不貴的話，今後的投資就不會太高。現在很多人都喜歡追求高雅，即使看不懂歌劇也會有不少人進去的。所以，今後在運行成本上不會有多大的虧損，況且還有文化廳在那裏撐著。當然，我們的目標不是什麼歌劇院，而是歌劇院周圍的土地。你想想，今後在歌劇院的四周建設幾個高檔社區的話會是一種什麼樣的景象？歌劇院就是高雅的招牌，它必將帶動周圍產業朝高端化發展的。

「馮笑，你那同學真的很有水準，一句話驚醒夢中人啊。我想起來了，我曾經看過省建設廳的一張圖紙，省政府早就有在江的對岸建設一座歌劇院的規劃了。只不過財政暫時拿不出來錢罷了。那片土地真不錯啊，以前我還沒看上。太好了，我們集團馬上得去把未來歌劇院周圍的那一片土地拍買下來。這樣一來，那個什麼演藝會所的事情就算是小事了。附加條件，嗯，這個詞用得太準確了。馮笑，你給你那同學講一下，讓他別忙告訴黃省長，等我明天去與省文化廳的領導商量好了再說。」林易越說越興奮。我感覺到了，他是發現了一次極大的商機。

雖然他的話我並不是很懂，但是由此我感受到了一點，前面我和他說的那件事情已經變成了一件小事了，很容易辦到的小事。不過對於我來講，這已經足夠了。

正如同林易所料到的那樣，孫露露在聽完了我講述的那個設想之後，頓時露出了興奮的神色，「這樣太好了。」

「所以有些事情不能著急，得一步步來。說實話，沈丹梅當導演的事情，我覺得不大可靠。露露，你覺得呢？你是最瞭解她的啊。」於是我說道。

「現在想來，可能我太衝動了。不過我主要想到她曾經對我的關照，所以不想讓她失望。還有就是，我一直知道她的理想，也知道她的能力。丹梅姐這個人有一個特點，那就是她可以想盡一切辦法去實現自己的夢想。這一點我做不到。」她說，隨即看了我一眼後又道：「馮大哥，你別誤會啊，我一點都沒有想要坑你錢的意思。我覺得丹梅姐不會那麼隨意地浪費別人的錢財的，因為她很在乎自己的夢想，所以不可能為了錢而去棄自己心中的那個夢。」

我搖頭道：「我沒有說她是為了錢來騙我啊？不過作為投資者，在我們的資金本來就很緊張的情況下去投資那樣一種沒有完全把握的事情，我實在下不了決心。露露，你在實際操作那兩個專案，應該非常清楚我們目前資金的緊張情況，雖然賬上說起來有幾個億，但是馬上要支付的土地款，還有居民的補償部分，設計費等等，這樣一來就剩下不了多少了。而且最關鍵的是，那些錢根本就不是我一個人的。正因為如此，我岳父才特地派了一位財務總監來監管那些錢。我想，即使我們要去投資沈丹梅的那個電視劇，那筆錢也劃不出去的。你說是吧？」

我覺得這是一個向她解釋可能會發生誤會的事情的好機會，而且也可以趁機說明我目前投資電視劇的困難。

「那今後演藝會所的資金怎麼辦？」她問道。

「等那個專案啟動後，我們這兩個專案的預收款應該回來一部分了吧？銀行貸款也應該到位了，到時候想想辦法，主要還是江南集團出資。我想資金應該沒什麼大的問題。不過我想了，如果演藝會所的專案能夠成就你喜歡的事業，即使我這邊不賺錢也可以的。」我說道。

她看著我，很感動的樣子，「謝謝你，馮大哥。」

「但是這樣一來的話，可能就會把沈丹梅給得罪了。露露，你就直接告訴她吧，就說公司的資金太緊張，江南集團的林老闆也不贊同我們這樣的投資。因為他才是真正的股東。對了，你也可以對她這樣講，就說我也不同意投資。露露，我知道你和她是好朋友，但是在投資這樣的事情上，我勸你還是慎重一些的好，即使今後你當上了團長之後也要注意。」於是我又說道。

她頓時笑了起來，「我當團長？簡直想都不敢那樣去想。」

我笑道：「我說的是假如。而且我告訴你，這種可能性不是沒有，而且還會很大。你不相信的話就等著瞧吧。」

她笑道：「馮大哥，我怎麼聽你這話好像是在威脅我似的啊？」

我一怔，隨即也笑了起來，與此同時我的眼神也柔和了起來，「露露，你和童陽西發展得怎麼樣了啊？我現在才發現這小夥子真不錯。」

她看著我，眼神裏透出一種詫異來，「就那樣吧。他為人很不錯，就是話少了點，有點悶。」

「這說明他很穩重，很有內涵啊。」我笑道。

她看著我，「馮大哥，你今天怎麼忽然關心起這件事來了？我一直以為，一直以為你……呵呵！」

我笑道：「你以為我會吃醋是吧？說實話，開始的時候我看見你和他在一起心裏確實很不舒服，但是現在我才發現其實你們倆是最合適的一對。露露，我祝福你，也祝福你們。我是真心的。」

「謝謝。」她很感動。

「專案上目前沒什麼問題吧？」我急忙轉移了話題，因為前面的那個話題讓人感到有些尷尬，畢竟我和她曾經有過那樣的關係。

「目前都很順利。倒是童陽西那裏有些麻煩。」她說。

「他那裏有什麼麻煩了？」我問道。

「因為那家水泥廠以前是國營的，裏面的人員大多數是關係戶，現在馬上要更換設備，今後主要是自動化生產，這樣就要不了那麼多的人了。於是市政府出台了一項政策，叫買斷工齡。現在的問題是，那些即將下崗的人提出的要求過高，林老闆在買斷工齡的價格上和那些人的要求有很大的分歧。」她回答說。

我頓時明白了，「當然不能完全按照那些人的要求來。現在的事情往往就是這樣，越是關係戶就越難處理，那些人肯定會漫天要價。這件事情市政府應該出面協調啊？」

她歎息道：「人人都知道江南集團有錢，誰不想趁此機會多撈點？市政府已經出面做了工作了，可是沒什麼效果。那些人講了，如果不答應他們的要求的話，他們就要到省政府去靜坐。於是市政府就害怕了，隨即就要求江南集團讓步。結果為了這件事情，林老闆狠狠罵了童陽西一頓，他說童陽西能力不夠，不知道和市政府據理力爭。他還說，企業都是要講效益的，如果花費過高的價格收購了那家水泥廠的話，今後經營起來肯定會虧損。所以，最近陽西心情很不好。」

我不禁歎息，「這件事情確實很難辦。常書記是什麼意見？」

「常書記根本就不見他，我估計常書記也很為難。」她說。

我頓時明白了，看來林易也知道常育的難處，所以他昨天晚上根本就沒有對我說這件事情。很明顯，他並不希望我出面去幫他協調這件事情。

「這件事情不應該責怪童陽西的啊？他還能怎麼辦？」我說。

「是啊，很難辦。不過假如是我的話，就採取分化瓦解的辦法，先把一部分人的錢給了，和他們把合同簽了再說，然後放出風聲說後面的人會沒有那麼多錢了。自然就有人會慌的，事情也就好解決了。」她說。

「你這倒是一個不錯的辦法，先把那些人的團結破壞掉，瓦解他們的一致聯盟。剩下的少部分人就鬧不起事情來了。呵呵！好主意。那你怎麼不告訴童陽西這個辦法呢？」我詫異地問她道。

她歎息，「我不是說了嗎？他這個人就是太悶了，根本就不告訴我這些情況。直到昨天晚上我問到他為什麼來晚了，他才告訴了我。結果現在麻煩了，那些人早就串通好了，現在水都潑不進去了。」

我也歎息，同時在心裏想道：看來林易也不是事事都那麼精明，至少在這件事情上他還不如孫露露。可能是因為他的事情太多了顧不來吧？當然，還可能有一種情況：我們的智慧與他差得太遠，可能他還有更好的辦法去解決這樣的問題，只不過目前的時機還不成熟罷了。

不過，我真的很替童陽西感到難過，因為他現在似乎是撿到了一個滾燙的山芋，他面臨的問題太棘手了。

我很想幫他一把的，但是想到自己在那裏就只有常育的關係，而且現在很明顯的是林易根本就不想去麻煩常育。所以，我也覺得自己在這件事情上去找她不大好，因為那樣會讓她很為難。

忽然想起一個人來。康得茂。或許他可以替我想想辦法、出出主意。

當然，我不會讓孫露露和童陽西知道這件事情，因為我想幫助童陽西完全是因為自己內心的一種愧疚。因為我曾經與孫露露的那種關係。

於是，在與孫露露分手後，我就即刻給康得茂打了電話，結果正好他今天晚上有空。

「老闆又去北京了。」他告訴我說。

晚上我們兩個人碰面後，我問他：「最近省裏面的領導是不是要調整了？不然的話，你老闆怎麼經常往北京跑？」

他搖頭道：「換屆的事情在下半年去了，老闆是去開會。不過有些事情先活動一下總是有好處的。」

「兩件事情想麻煩你。一是麻煩你幫我問問組織部，我們醫院唐院長當第一把手的可能性有多大。二是常姐那裏水泥廠的事情……」我隨即把童陽西遇到的困難對他講了一遍。

「你們醫院的事我只能從側面幫你問一下。水泥廠的事情嘛，我知道，反正很麻煩。除非有人給那些人背後的官員們打招呼才可以解決。常書記肯定不方便，因為那畢竟關係到她手下那些官員親屬的切身利益。現在的官場太複雜了，不可能像電影、電視劇裏那樣書記一聲令下，然後下面的人就乖乖去執行。當然，非得要那樣做也可以，但是這樣一來常書記的壓力就會很大，今後就沒有人替她做事了。任何地方的一把手都得顧及下面官員的利益，這是沒辦法的事。所以啊，這件事我沒辦法給你出主意。」他歎息著說。

「上次不是有 位省裏面的領導出面了嗎？這次再去請他出面不可以嗎？」我問道。

他依然搖頭道：「大領導做事情很多時候是屬於心血來潮。像那家水泥廠那樣的事情根本就不會被省裏面的領導放在心上，因為那個專案太小了。不過倒可以去試試，你讓那個童陽西寫一份報告給我，分管工業的副省長的秘書和我關係不錯，我讓他悄悄把報告放到副省長的辦公桌上。不過這就得看運氣了，說不一定他看都不會看呢。省級領導管的事情太多了，而且都是大項目。沒辦法的事情。」

「如果那位副省長出面了的話，事情就可以解決了是吧？」於是我問道。

「那是當然。分管副省長出面了，常書記就有了尚方寶劍，下面的人也就不會責怪她了，就只能乖乖地聽話，不然的話烏紗帽就保不住了。現在都是這樣，官場上的事情都是這個樣子，沒辦法的事情。」他搖頭歎息。

原來如此。我心裏想道。同時又想：難怪常書記不去找黃省長，原來是這件事情太小了，連分管副省長都可能不會去管的事情，常務副省長就更不會出來說話了。還有，關係的使用是需要看事情大小的，常育肯定是覺得那件事情不值得她去找黃省長。

隨即和他隨便閒聊了些另外的事情。後來他對我說了一句話，讓我很替他感到高興。

他對我說：「我準備和丁香結婚了。」

「是嗎？好事情啊。具體什麼時候？準備如何辦呢？」我問道。

「辦什麼啊？我們都是二婚，低調點好。」他說。

「再低調也得請我參加吧？不可能你們兩個人把床搬到一起就算結婚了吧？呵呵！可能你們兩個早就把該幹的事情幹完了吧？」我笑道。

「先去拿證，然後找個機會請你喝酒吧。我和丁香都商量好了，真的不想搞什麼儀式。馮笑，這件事情你得理解我。而且，我實話告訴你吧，我和她認識這麼久了，真的還沒有做過那樣的事情。丁香對我說了，不到我們結婚後絕不和我上床。」他說。

我頓時笑了起來，「我相信。因為我曾經聽丁香說過一句話：不以結婚為目的的戀愛都是耍流氓。哈哈！這個丁香，真是與眾不同。」

「她真的說過這樣的話？」他詫異地問我道。

「當然。」我笑著說，隨即搖頭道：「得茂，看來你還是不完全瞭解你這個老婆啊。你這傢伙，這下撿到個寶了。」

「太好了……」他喃喃地道。

我不禁覺得好笑，不過卻忽然想起了另外一件事情來，「對了得茂，寧相如那裏你沒留下什麼後遺症吧？這次可千萬不要出什麼問題啊。你要知道，女人吃起醋來可是不得了的哦。」

他的神情頓時黯然，「你這傢伙，怎麼哪壺不開提哪壺啊？現在我心裏就是為這件事情煩呢。」

我頓時吃了一驚，「難道你和她真的有什麼問題不成？得茂，你可得馬上去把這件事情處理好啊，不然的話會後患無窮的。」

他看著我，怪怪的眼神，「馮笑，我很佩服你。你說你和那麼多女人發生過關係，怎麼她們都不找你麻煩，而且都不吃醋呢？」

我一怔之後苦笑道：「我和你不一樣啊。她們都知道不可能和我結婚，所以也就沒有了期盼。一開始就本著好玩的想法，所以就不會吃醋了。」

他笑著說：「我明白了，原來你的那些女人一開始就知道你不會屬於某一個人，所以才不會吃醋。」

我也笑道：「就那意思吧。你後來離婚了，所以寧相如就對你有了期盼，所以她才會爭取自己的位置。我估計就是這樣。」

「你幫我想想辦法啊，我現在怎麼辦啊？」他哀求我道。

「那你得說說，她現在究竟怎麼了？她對你提什麼要求了？」我問道。

他不回答，卻在那裏一直歎息。我很著急，「你說啊，究竟怎麼啦？你不說我怎麼幫你啊？真是的！」

「其實她最近也沒有來找過我，當然，我也沒和她聯繫過。但是，我和她第一次的時候她對我說了一句話。哎！」他歎息道。

「她說什麼了？」我急忙地問道。

「她很認真地對我說過，她說……她說，如果我今後離婚了的話，就一定要娶她。『如果你離婚了不娶我的話，我就殺了你！』這是她的原話。」他結結巴巴地說道。

我愕然地看著他，「在那樣的情況下，你還是和她做了？」

「問題是當時我不知道自己會離婚的啊。哎！但願她是開玩笑的。不過最近一段時間來我心裏覺得很不安。真的，馮笑，我心裏始終覺得七上八下的。倒不是怕她來殺我，而是我總覺得可能會出什麼事情。前幾天丁香提出來要和我結婚，我當然希望這樣了，可是我每當想起寧相如當初說的那句話來，心裏就覺得害怕，心慌得厲害。你想想，我好不容易混到了現在這個位置，而且也找到了一個自己喜歡的女人。但是寧相如那裏……」他不住地歎息。

我頓時覺得這件事情麻煩了，因為寧相如我認識，也基本瞭解她的性格。準確地講，她是屬於那種言出必行的女人。當時，我替她把那個專案基本搞定了之後，她即刻就把銀行卡交給了我，要知道，那張銀行卡裏可不是一點錢。由此就可以看出她的性格來。

「怎麼辦？」康得茂卻在問我。

我搖頭，「我也不知道該怎麼辦，我還是第一次遇到這樣的事情。」

「有一個辦法，不過這個辦法只有你可以做到。馮笑，看在我們是老同學的份上，看在丁香是你介紹給我的份上，只好麻煩你了。這件事情非你不可啊。」一會兒後他忽然說道。

我很是詫異，「什麼辦法？你說出來我聽聽。」

「除非你去把她給辦了。不然的話我真的會很麻煩。只有你把她辦了她才不會來找我，因為她知道我們倆的關係。既然她都和我一樣了，也就沒有來找我的理由了。」他說，可能是因為緊張，或者是因為不好意思說出口，所以他說起話來顯得有些慌亂，而且還有些詞不達意。

我頓時怔住了，「虧你想得出來，這怎麼可能？你還不如花錢去找一位鴨子的好。你這傢伙真是的，這樣的主意都想得出來！」

「鴨子哪裏可以？你又不是不瞭解她。她其實是一個非常保守的女人，怎麼可能隨便去和別的男人上床？你就不一樣了，一是你很有魅力，二是她對你很熟悉，而且你還幫助過她。所以，你是最合適的人選。」他說，這下說得清楚多了。

我哭笑不得，「虧你想得出來！不可能的。你傢伙，萬一她今後把我黏住了怎麼辦？我可是婦產科醫生，今後鬧出事情來，我怎麼去面對我的那些病人？還有，她明明知道你和我是同學，怎麼可能和我那樣？你不是說了嗎？她是一位很保守的女人啊。」

「你不一樣，你給她看過病，這樣一來你們就很好接近了。老同學，幫幫忙吧。求你了，我也是沒辦法啊。這樣，我負責幫你把童陽西的事情辦好，你負責幫我把這件事情擺平。怎麼樣？」他說，一副可憐兮兮的樣子。

我不為所動，因為我覺得自己不可能去做那樣的事情，「得茂，你這傢伙，難道非得和我交換才答應幫我辦童陽西的那件事情嗎？你不耿直啊。」

「不是我不耿直，是這件事情太可怕了。本來我開始還沒有想到的，誰叫你主動來問的？我還不是因為你問到了才忽然想起這個辦法？童陽西的事情也是這樣，也是我剛才才想到了一個辦法。」他說。

我更加哭笑不得，「哦，原來我關心你還搞錯了啊？不行，我不可能去做那樣的事情。從來都是女人主動來和我做那樣的事情，我還沒有主動去勾搭過任何一個女人呢。我沒這方面的經驗。」

「你是男人啊，這樣的難題對你更加具有挑戰性不是？你行的，相信我。」他鼓勵我道。

「你別說了，我不可能去做那樣的事情的。不過我可以去找找她，試探一下她對你現在準備結婚這件事情的態度，希望能夠說服她。」我說，心裏頓時覺得他現在的狀況很好笑，所以忍不住地笑了起來。

他卻不住地在搖頭，「那樣不行的，反而會把事情搞砸。馮笑，這件事情必須得徹底解決掉才行。」

「得茂，我覺得你是關心則亂。可能事情並不是你想像的那麼嚴重。或許，我們再給她找一個專案的話，也許就解決了這個問題了也難說呢。反正我們不再收她的好處費就是了。你說呢？」於是我說道。

「可是，現在哪裏來的專案給她啊？」他苦著臉說道。

我忽然想起京劇團的那件事情來，但是隨即又覺得不合適，因為那是林易和我的專案。於是我說道：「這樣吧，你讓我好好想想，看能不能找到一個合適的專案給她。你也要想啊？不要把所有的希望寄託在我身上啊！」

「只有寄託在你身上了，誰讓你主動問起我這件事情來的？本來我還心存僥倖的，結果現在好了，被你搞得更慌了。」他說。

我即刻大聲地道：「康得茂同學！你搞錯沒有？我可是關心你啊？怎麼反而成了我的不是啦？」

他諂著臉過來抱住了我的肩膀，「馮笑，好哥兒們，我知道你心腸好，一定會幫我的是不是？我也是沒辦法啊，你說我不這樣纏著你還去纏誰啊？我們是鐵哥兒們啊。」

我急忙掙脫了他，「你傢伙，怎麼搞得像同性戀似的？你看，我手上都有雞皮疙瘩了。」

他頓時大笑起來，「我就知道你會幫我的。」

其實我真的還沒有想到合適的辦法，不過我既然答應了他，總得盡力去幫他把這件事情辦好吧？與此同時，我對他保證去辦好童陽西的事情頓時好奇起來，於是我問他道：「童陽西的事情你準備怎麼處理？」

「很簡單，我就讓他秘書告訴他說：上次的事情可是你幫忙處理的，可是現在出問題了。馮笑，你不知道，當領導的可是很講面子的，如果他知道了這樣的情況後，肯定會出面去管。」他回答說。

「既然這麼簡單，那你剛才怎麼不答應我？」我很是不滿地道。

「不簡單啊？你不知道問題的關鍵在什麼地方。你不知道，我們作為領導的秘書，在一般情況下是不應該去對領導講這樣的事情的。這叫變相地逼迫領導，你知道吧？我們當秘書的應該做的事情反而是把那樣的資料扔到一邊，免得被領導看見了心煩。這件事情要辦好的話，我得去和那位秘書好好合計、合計，得賄賂他才行呢。」他說。

我頓時明白了，同時也驚訝於他們當秘書的竟然是如此的不容易。於是我對他說道：「得茂，這樣吧，需要多少經費你到時候告訴我，我來出這筆錢。」

「你把我這件事情辦好了就可以了，我不需要花錢的。今年春節別人給我送了一樣古董，我送給他得了。」他笑著說道。

「真不好意思。」我感激地道。

「我們之間就不要說這些話了，不是我還在求你嗎？我們不說交換的事情，那樣說影響你我之間的感情。馮笑，那件事情可就拜託你了啊？拜託！請你一定把她給拿下！」他朝我抱拳道。

我苦著臉看著他，「你這事情難度指數九點九！」

他大笑著去結了帳然後離開。留下我一個人在那裏發呆。

隨後我給孫露露打了個電話，「你讓童陽西寫一份關於那件事情的報告，我想辦法替他交到省裏面分管工業的副省長手裏。上次不也是那位領導出面才解決了問題的嗎？這次可能還得靠他才行。」

「這倒是一個不錯的辦法。可是，這件事情太難了吧？」她說道。

「不難，我已經和別人說好了，對方也答應了。」我說。

「馮大哥，謝謝你。不過，這件事情我怎麼去對陽西講啊？」她問我道。

我當然明白她話中的意思，其實我們都一樣，都不想讓童陽西知道是我在從中幫忙，因為她和我的心裏同樣有鬼。

「你就說是常書記的意思，而且還要特別提醒他不要多問。他是聰明人，肯定懂得有些事情是不能問的。」我說道。

「嗯，我知道了。馮大哥，我真不知道該如何感謝你。」她的聲音忽然變得溫柔起來。

我心裏頓時一顫，但是即刻地克制住了自己，「好吧，就這樣。」

「馮大哥……」她卻在電話裏叫了我一聲。

「說吧，什麼事情？」我問道。

「丹梅姐……她，她很生氣。」她說。

我淡淡地道：「我和她又不是朋友，她生氣關我什麼事情？你別管這件事情了。對了，你是按照我對你說的那樣告訴她的吧？」

「嗯。」她說。

「那不就得了。我又不怕她生我的氣，我馮笑又不欠她什麼。昨天晚上我陪她吃飯、喝酒，已經算是對得起她的了。」我說道，心裏忽然有氣。

「是我不好，當初在電話裏不該說你的情況的。都是我惹出來的事情。」她說。

我的聲音即刻柔和了起來，「好了，你也不要責怪自己了。沒有多大個事情。以前她雖然幫助過你，但是反過來想其實她也是在利用你。有些事情就是這樣，從不同的角度去看就會發現其中的東西不一樣了，所以你根本不要覺得自己對不起她。好了，就這樣吧。」

電話掛斷後我心裏頓時憤憤：老子又不欠你的！憑什麼我要拿出幾百萬讓你去玩？老子連章詩語都沒有這樣對她呢。還有莊晴。

第八章

男人的豪爽

男人的豪爽應該表現在性格上，
也許是在喝酒的時候，或者花錢的時候，
但是在女人面前決不能輕易承認自己有情人的事情，
輕易承認了的話，那不叫豪爽，那是傻。

第二天康得茂就給我打來了電話，他告訴我說：「你們醫院班子的事情省委組織部還沒有研究。不過據說估計是快了。但是目前還沒有一點消息。這樣的事情是副部長以上決策層才知道的，我問的那幾個處長都不清楚。不過你放心，一旦有了什麼消息後，我會在第一時間通知你的。童陽西的事情你叫他儘快把資料遞交給我啊。還有那件事情。哥兒們，兄弟我可是馬上要去和丁香拿證了啊，你快點行不行？」

我心裏頓時沒有了主張，「這……這樣吧，今天我約寧相如吃頓飯，看看情況再說吧。」

「不行，你必須幫我把她拿下。這是硬任務。」他說，隨即又笑道：「馮笑，我知道你是好哥兒們，求求你了啊。不和你說了，秘書長好像在外面。」

他即刻掛斷了電話，我哭笑不得。隨即給孫露露打電話，「資料呢？你趕快拿給我啊？不，你直接去送給省政府的康秘書。我那同學你認識的吧？記住啊，你親自去送給他。」

她連聲答應。

隨即我忽然想起了另外一件事情來，即刻給唐孜打了一個電話，「唐孜，麻煩你到我辦公室來一下吧，我有一件重要的事情對你講。」

「我……」她說。

「我在等你，一會兒後我還要去做實驗。」我說，即刻掛斷了電話。

本來我很不想再和她聯繫的，但是這件事情太重要了，特別是在今天接到了康得茂的那個電話後，我更覺得這件事情必須馬上完成，不然的話，萬一自己後面忘記了可就麻煩了。

唐孜很快地就來了。我知道她會來的。

我沒有問她關於她和她男人的任何事情，而是直接把那張卡遞給了她，「這裏面有二十萬，你拿去炒房什麼的都可以。如果不夠的話你還可以再找我。」

她沒有伸手來接，於是我就像她叔叔那樣直接將那張卡放到了她的衣服兜裏去了，同時告訴她說：「密碼是五個零，你自己去修改一下。好了，我還有事情，你走吧。」

她離開了，我頓時感覺到自己輕鬆了許多。

在去往學校那邊做實驗前，我給寧相如打了一個電話，「寧老闆，好久不見啊。最近都在忙些什麼呢？」

「瞎忙。」她笑道，「馮兄弟今天怎麼忽然想起姐姐來了？你可是貴人，你打電話給我肯定有什麼好事情吧？我說呢，今天早上剛剛醒來就聽見窗戶外面喜鵲的叫聲，我還正納悶：今天會遇到什麼樣的喜事呢？現在我終於知道了，原來是你要給我打電話來啊？」

我大笑，「寧老闆，這大城市裏哪來的喜鵲啊？你可真會說話。實話對你講吧，昨天晚上我忽然做夢夢見你了，哎！夢中的你真是太漂亮了。所以今天我很想請你吃頓飯。怎麼樣？今天晚上有安排嗎？」

「馮老弟是我的貴人，你請我吃飯我當然要來了。怎麼樣？姐豪爽吧？對了，要不要我替你叫一位美女來陪你喝酒啊？」她笑著問我道。

我大笑，「你就是美女啊。有你陪我喝酒，不，是我陪你喝酒。就我們兩個人吧，康得茂這傢伙最近太忙了，天天給省長提包，我幾次請他都沒空。剛才還給他打電話了呢，他說今天要和黃省長一起下基層。沒辦法，他的時間不是他自己的，人也是領導的，可憐啊！不過這樣也好，趁他不在，我才敢大膽地一親我們寧美女的芳澤。」

「喂！你究竟是不是馮笑啊？怎麼我覺得好像不是你一樣？」她在電話的那頭大聲地問我道。

「當然是了，如假包換。」我再次大笑。

「怎麼變了呢？以前你好像沒這麼好玩的啊？」她狐疑地問道。

「以前是以前，女大還十八變呢。男人都是屬孫悟空的，七十二變。哈哈！不和你開玩笑了，晚上我們不見不散。一會兒我把訂好的酒樓雅室號用簡訊發給你。好了，我得去做實驗了。晚上見。」我隨即說道。

「這人怎麼變得和以前不一樣了呢？」我聽到她在掛斷電話前在這樣嘀咕道。我也覺得自己今天似乎有些亢奮了。不，是故作開朗、幽默。我自己知道。

下午的實驗很早就做完了，我忽然忍不住想去見見章院長。不，他現在是章校長了。我很想看看他現在是一種什麼樣的狀況。畢竟他到這個位置有我的一份功勞，所以我覺得自己去拜訪他也是一種理所當然。這就如同一位畫家經過努力後完成了一幅作品，雖然這幅作品是放在陳列室裏面的，但是卻忍不住要去觀賞一番的道理一樣。也許我的這個比喻並不是很恰當，但是這時候我的心裏就是這樣想的，因為我總有一種好奇，而且還有一種邀功的想法在裏面。而且我並不惶恐，因為那天他在電話裏面對我的態度很不錯。

對了，上次他給我的那些發票已經處理好了，一共報了接近二十來萬，我都打到了銀行卡裏面。我還是採用老辦法，我讓幾家配套廠分別給我開具了一張儀器配件的發票。當然，其中的稅費是我個人貢獻的。這是沒辦法的事情。

現在，我正好以這個理由去看他。

還別說，我今天的運氣不錯，我到了校長辦公室的時候他正好在。這是我第一次到校長辦公室來，我發現他的辦公室並不像我想像的那麼豪華氣派，他現在的辦公室甚至比他以前在醫院時候的辦公室還差點，似乎小了些。

他看到我後很高興，「小馮，你怎麼來了？」

我急忙去將他辦公室的門關上，然後將那張銀行卡拿出來遞給了他，「章院……呵呵！章校長。以前叫慣了，一時間還差點改不過口來。這是我給您報的帳。密碼還是以前那個。今天我過來做實驗，所以順便來看看您在不在。您剛剛當校長，我還沒有當面向您表示祝賀呢。」

「小馮不錯，你不但能幹，而且還很懂事。可惜啊，你不願意搞行政工作，這是我們學校的一大損失啊。對了，實驗做得順利吧？你可要加快速度，如果實驗早些做完，論文能夠早些發表的話，你今年的碩士點就可要拿下來了。」他說道。

「我爭取吧。主要是需要大量的實驗動物，還有程序上也比較複雜。而且資料處理也很麻煩。我儘量把實驗做得快些，也好最大限度地減輕您這裏的壓力。不然您硬要讓我當這個碩導的話，今後別人會說您的閒話的。」我笑著說道。

他點頭，「小馮，你這句話說得一點都不錯。這件事情雖然對我來講不是什麼大事情，但是在小事情上讓別人議論就不划算了。你說是不是？」

我不住地點頭，「是。」

「唐院長的事情可能快了，省委組織部已經派人到學校來考察過了，估計最近就會找他談話的。現在關鍵的是還要上省委組織部的辦公會研究，不過肯定快了。小馮，你的關係可不得了啊，今後我還得請你多幫忙才是。」他隨即對我說道，臉上笑瞇瞇的。

我心裏大喜，不過神態卻依然平靜如常，「章校長，這件事情可不是我一個人操作的哦。我岳父在中間起了很大的作用呢。特別是在您的事情上，他可是……算了，我不說了，說出來就覺得俗氣了。您和我岳父是朋友，又是我的領導，這一切都是我們該做的。」

「哦？林老闆做了什麼？你告訴我啊。」他很有興趣的樣子。

「章校長，有些事情您還是不要知道的好。這樣對您是最安全的方式。不過我可以簡單地對您說說。我岳父為了您的事情不得不去從他紅顏知己的手上把他曾經送的一幅名人字畫給拿了回來，結果造成了兩個人翻臉。章校長，這件事情您千萬不要去問我岳父，不然他會責怪我的。因為我岳母並不知道這件事情，而且我岳父也不想讓外人知道他有什麼紅顏知己的事。」我說道。其實我剛剛說出來的時候就後悔了，但是我隨即想到這件事情也無關緊要了，而且我說出來後說不一定對林易今後與他的合作會很有幫助。

「你和你岳父對我的幫助真是太大了。我很感激。確實，林老闆並沒有告訴過我這件事情。小馮，你放心，今後我會好好報答你們的。」他頓時感歎道。

我急忙地道：「章校長，您和他是朋友，又是我的領導，我們就不要這麼客氣了吧？對了，晚上我還約了人吃飯，那我就告辭了啊？章校長，再次恭祝您高升啊。今後還請您多多幫助我才是。」

他站起來和我握手，「那我就不送你了。這裏不是醫院，聽說學校這邊複雜得很呢。我得儘快搞清楚情況再說。」

從他辦公室出來後，我才感覺到自己竟然忽然開始緊張起來：馮笑，剛才的有些話你真的該說嗎？

晚上我安排在一家私家菜坊吃飯，因為我覺得兩個人吃飯的地方應該選擇在一處相對私密、菜品精緻而且味道不錯的地方。而這處私家菜坊正好符合這樣的要求。

大大的房間被隔成了兩個區域，剛進門的地方有兩張漂亮的藤式單人沙發，牆上有幾幅精美的畫，然後是一個隔斷，隔斷的裏面是餐桌，隨後就可以看見外面大大的露台。露台上面種了許多綠色的植物，還有一些含苞欲放的花苞。露台的中央有一張雙人的藤式沙發。看上去整個畫面很舒服。頓時感歎現在還早了些，要是晚一個月左右來就好了，那時候在這地方吃飯就可以欣賞到外面的萬紫千紅、綠意沁人了。

我是第一次到這地方來，所以就請服務員幫我安排了菜。我對服務員講：「按照兩個人的標準配。要你們這裏最有特色的菜品，精緻一些，但是要夠吃才可以，酒水一會兒再說。」

隨即去坐在了露台上的那張藤式沙發上，然後慢慢地感受著那些綠色所發出的清新。

半小時後寧相如到了，「喲！這麼漂亮的地方，我還是第一次來呢。馮笑兄弟，以前你經常在這裏和你的情人們幽會吧？」

她一進來就這樣笑著對我說道。

今天的她顯得特別漂亮，頭髮微卷，被染成了淡黃，而淡黃色的頭髮是可以將皮膚襯托得更加白皙的，歐洲女性的金髮其實就是進化的結果，因為金髮與白種人的肌膚才能夠相得益彰，那是一種顯示美麗的完美結合。她的上身是一件寬鬆的棗紅色的薄毛衣。下面是一條厚重的灰色長裙。這個季節的女性喜歡穿薄毛衣，記得我昨天所見到的孫露露也是這樣。

在我的感覺中，她好像一直都喜歡穿長裙。但是我的這種記憶比較模糊了，因為我以前並沒有特別的注意過她。雖然她來找我看過病，但是我對她身體的一切也是依然的模糊。因為越是熟人我就越加不會去注意她們的某些問題。我是婦產科醫生，試想，如果熟人都懷疑我給她們看病時候有著邪念了的話，我幹這個職業也就走到頭了。

我想不到她一進來就和我開那樣的玩笑，於是我苦笑道：「這地方我也是第一次來，我是覺得這裏的環境不錯。何況，我哪裏來的什麼情人啊？」

男人的豪爽應該表現在性格上，也許是在喝酒的時候，或者花錢的時候，但是在女人面前決不能輕易承認自己有情人的事情，輕易承認了的話，那不叫豪爽，那是傻。

她笑道：「我和你開玩笑的。馮笑，今天在電話裏我真的不敢相信是你。要不是我熟悉你的聲音的話，我肯定會以為是別人在和我開玩笑。」

我說：「我也只是和熟人才這麼隨便。」

她即刻問我道：「你昨天晚上真的夢見我了？」

那句話本來是今天我和她在電話上開玩笑的話，也就是找個理由請她出來而已，但是卻想不到她竟然當真了。不過我現在總不能說自己是騙她的吧？那樣的話會顯得我不禮貌的。要知道，女人最喜歡的就是得到男人的讚揚。

在夢中都夢見她了，這樣的讚揚比其他語言更會讓她感覺愉快的。因為她會想到：夢，其實往往是一個人發自內心的感受。俗話說『日有所思夜有所夢』就是這個道理。

「真的，我昨天晚上確實夢見你了。」我說，很真誠的語氣和表情。

她卻用一種怪怪的眼神在看著我，「你們男人在夢裏夢見我們女人的時候，肯定都在幹壞事情。」

我頓時瞠目結舌。

根據康得茂對我的安排，他可是要求我拿下寧相如的。但是，我根本就沒有這樣的想法，而且也沒有答應康得茂我要按照他的想法去做。不過我的回答很模糊。我的想法其實很簡單，最好是能夠和寧相如當面談談，然後根據情況臨時決定如何處理。

從心理學的角度講，與人溝通的前提首先是要得到對方的信任。我和寧相如已經是熟人了，但是並沒有特別的友情，最多也就是曾經一筆生意上的合作夥伴。所以，我在電話上和她聯繫的時候竭力地採用隨便、親熱的方式。當時我的想法很簡單：無論如何，都得把她請出來再說。有些事情在電話上是不好說的，如果我們連面都沒有碰上的話，康得茂交給我的任務可就基本上算是失敗了。

可是讓我萬萬沒有想到的是，她竟然比我還隨便，而且幾次讓我陷入了尷尬的境地。現在我才發現了一個道理：千萬不要去和女人開過分的玩笑，因為女人大膽起來後，下不了台的往往是男人。

不過，我覺得今天寧相如有些不大對勁，因為她過於隨便了，說出來的話大膽得讓我目瞪口呆。

我想，這肯定有原因。難道她知道了今天我請她吃飯的目的？她這樣的目的是要讓我羞愧、讓我無法去對她講康得茂的事情？如果真的是這樣的話，那就說明了一點——她是懂得心理學的。

一般來講，男人在夢中夢見漂亮女人大多數的情況是屬於性夢。而性夢代表著男人對夢中的女人性的渴求。我本來是和她開玩笑，但是她卻將話題朝性夢上引，也就是說：她認為我把她作為了性幻想的對象。

康得茂是我的同學，而我知道他和寧相如的關係。這些情況她十分清楚。所以，我認為她剛才的那句話其實是在提醒我：如果我在夢中真的夢見了她的話，那麼我是不道德的。一個不道德的人去和她談道德的問題，這很可笑。

當然，也許我的分析是錯的。因為這裏面還有一種更可能的情況——她僅僅是隨意地和我開玩笑罷了。她的年齡比我大，和我開這樣的玩笑也算是一種正常。

不管怎麼樣，今天我非得和她說說康得茂的事情。我不相信她會像康得茂說的那樣，在得知了他要和其他女人結婚的消息後會做出過分的事情來。大家都是成年人了，偶爾在一起互相滿足一下也算是一種正常的事情，再怎麼的也不至於會因此而鬧到殺人的地步吧？

既然打定了主意必須要和她談那件事情了，我也就覺得無所謂了。我心想：最多也就是答應今後給她介紹一個專案。現在的人都很現實，何況她並不是那種真正的貞潔烈婦。

不過我希望最好不要走到那一步，因為那樣的條件太昂貴了。在我的心裏覺得她不值。

要知道，一個專案下來的利潤往往是數百萬甚至上千萬，就連孫露露我都沒有給到那麼多。為了康得茂，讓這個女人無端得到那麼多的錢，真的很不值。

其實我思考的時間並不長，這些想法就在我瞠目結舌、目瞪口呆的那一刻就全部完成了。

隨即，我急忙地說道：「你說什麼呢？要知道我可是婦產科醫生，每天見到的漂亮女人可不少，如果天天晚上做夢夢見她們的話，我早就神經錯亂了。」

她大笑。

我又說道：「不過你不一樣，我們是朋友嘛。夢中的你當然是以朋友的身分出現的。我夢見你，康得茂，還有我，我們三個人在一起喝酒。很奇怪，我們在夢中喝酒，結果早上醒來的時候還真的感覺到有些頭暈。」

這當然是胡謅了，可是她卻似乎相信了我的話，隨即問我道：「你是醫生，怎麼解釋這樣的狀況？」

我笑道：「這很簡單。我本來就喝了酒，本身就有些醉了，然後才會出現那樣的夢。因為夢的作用造成了精神上的酒醉加重。要知道，一個人的精神力量是很厲害的，其實說到底就是心理的自我暗示作用。」

「馮笑，今天你叫我來，不僅僅是要和我談做夢的事情吧？你肯定有事情。」

她隨即笑著問我道。

「沒事，真的沒事，就想和你聊聊天。我們不是很久沒見過了嗎？對了，你那個專案做得怎麼樣了？」我問道。

她說：「正在進行之中。那個專案確實不錯，不過我目前的資金壓力太大了，主要是預售不大好。不過你放心，你的股份我今後會考慮給你分紅的。但是我有一個要求，就是希望你最近千萬不要讓我把你的股份收購回來，我確實拿不出錢來。」

這下我頓時明白了她剛才的那些話確實是無意中的玩笑而已，我心裏不禁慚愧：看來我確實是心裏有事，所以才出現了前面那樣的心虛，結果把簡單的事情給想得太複雜了。

於是我說道：「你誤會了，我肯定不會做出這種事情來的。我們是老鄉，當然得理解你了。」

現在，我心裏暗自高興起來：即使我馬上給你介紹一個專案，你也拿不出錢去操作。

「你真的只是想請我吃飯？」她狐疑地問我道，「我還以為你是想要找我兌現後面的錢呢。還別說，我今天來之前真的緊張了很久。」

我頓時更加對她有了好感——看來這個女人非常講誠信，即使在這種情況下也沒有推辭和我的見面。由此我感覺到這個女人今後肯定會非同尋常。

我始終認為誠信是一個人非常重要的品質，只要一個人具備這樣的品質的話，成功往往是必然的。這樣的品質對生意人來講尤其重要。

所以，這一刻我頓時對她產生了敬意。而且，我忽然發現自己準備的有些話說不出口來了。現在我才感覺到自己很卑鄙：馮笑，你有什麼資格來要求她不要去糾纏康得茂？

這一刻，我的心情頓時變得複雜起來。為了掩飾自己的這種複雜，我只好微微地朝她笑了笑。

她發現了我的這種異常，即刻詫異地問我道：「馮笑，你好像有心思。怎麼？你今天真的是想找我要錢的？你遇到什麼困難了？如果你確實著急，確實需要用錢的話，我就儘量想辦法吧。」

我發現她又誤會我了，急忙地道：「我沒什麼困難啊，只是忽然想起了一件事情。對了，寧老闆，你想喝點什麼酒水？」

她狐疑地看著我，「你真的沒事？」

我搖頭，「我會有什麼事情啊？真的沒事！怎麼樣？我們喝點酒好不好？」

「好，那就喝點紅酒吧。」她說。

於是我讓服務員拿一瓶好點的紅酒來，同時吩咐她上菜。

寧相如一直在看著我，似乎是在觀察我的神色。這時候她問我道：「馮笑，今天是不是康得茂讓你來找我的？肯定是這樣的吧？因為我覺得你今天太奇怪了。」

我覺得自己沒有必要再迴避和躲閃這個問題了，因為那樣已經變得毫無意義。

於是我點了點頭，同時說道：「是的。」

她的神情變得黯然起來，「他有了新的女朋友了？」

我依然點頭，「是的。」

她繼續地問我道：「他們準備結婚了是不是？」

我只能點頭，「好像是的。但是他覺得他很對不起你，卻又不敢來見你。所以才讓我來向你解釋一下這件事情。」

她冷冷地道：「馮笑，你覺得這樣的事情需要解釋嗎？當初他可是在我面前信誓旦旦的，結果他的心變得比現在的房價還快。我原以為他出身貧寒，本質上是一個不錯的男人，想不到他還是和其他那些當官的一樣喜新厭舊，好色貪財。真是枉自他披了一張人皮！」

雖然我早就預料到她可能會反應強烈，但是當她真正說出了這樣的話來之後，我還是被尷尬住了。

我唯有歎息，同時內心更加忐忑起來，因為我忽然想到是我把丁香介紹給康得茂的。現在我明白了，其實一直以來我都看不起自己眼前的這個女人，所以才做出了那樣的事情來。

她在看著我，我卻不敢去直視她，嘴裏想說什麼，卻發現自己根本就說不出任何的話來，因為我埋屈詞窮！

「馮笑，你也覺得我配不上他是不是？」可是，她卻並沒有因此而放過我，而是直接問我這樣一個問題。

我尷尬極了，但是卻又不得不回答她的這個問題，「寧老闆，不是這樣的。你也知道我對你並不瞭解。上次也是因為得茂來找到了我，所以我才盡力在幫那個忙。當然，我知道他當時很喜歡你。至於你和他後來發生了什麼我並不知道。不過得茂的情況我非常瞭解，他的婚姻很失敗，而且讓他很沒有面子。你想想，一個男人，而且是一個有著一定身分地位的男人，結果自己的老婆卻背叛了他，所以他心裏肯定很難受。我也是男人，完全可以理解他內心的那種痛苦。也許，在他最痛苦的時候你沒有抽出時間去安慰他，讓他得到一種他迫切需要的溫暖。也許正是因為這樣他才開始慢慢疏遠了你。寧老闆，你是做生意的人，我想他對你有所誤會也是必然的，因為他已經完全沒有了安全感了。」

其實最開始的時候我根本就不知道自己在說些什麼，只是因為不得不回答她的問題，所以才開始毫無邊際的在說著話，不過到後來我的思維頓時被打開了，大腦裏的邏輯也開始清晰了起來。其實我後面這番話的意思很清楚：康得茂沒有選擇你，完全是他擔心你會成為背叛他的人。

她頓時不說話了，很明顯，她完全聽明白了我話中的意思。場面頓時尷尬起來。幸好服務員開始來上菜才打破了這種靜默。服務員問我道：「先生，我可以把酒打開了嗎？」

我正準備點頭，卻忽然聽到寧相如在對服務員說道：「我們不喝紅酒了，來一瓶茅台吧。」

服務員來看我，我即刻不悅地對她道：「難道她的話你沒有聽清楚嗎？」

服務員尷尬地離開了。

我隨即去看了寧相如一眼，發現她的神情悽楚，而且雙眼正有眼淚在滴落，我訕訕地對她說道：「對不起，可能有些話我不該說。」

她猛然抬起了頭來，問我道：「你可以告訴我嗎？那個女人是幹什麼的？」

「大學教師。」我回答說。

她怔了一下，隨即又問我道：「你們醫大的？」

我急忙搖頭，「不是，是師範大學的。」

回答後我覺得自己更加卑鄙了，卻又不敢向她承認是我替康得茂介紹女朋友。

她揩拭了眼淚，隨即朝我淒然一笑，「我明白了。馮笑，你是不是覺得我很好笑？我都這麼大歲數的人了，怎麼還會去相信什麼愛情呢？怎麼會去相信你們男人呢？你們男人心裏想的都是情欲，看見漂亮女人就想去得到，你們男人都是這樣子的，是不是？」

我更加不知道該如何回答她了，「寧老闆，你冷靜一下……其實我很理解你現在的心情……」

「馮笑，你今天一直叫我寧老闆，難道我們之間就這麼生疏嗎？我寧相如的為人你是知道的，只要是我該拿出去的東西我就一定會給出去。他康得茂的錢我可是給了的，而且還搭上了我的身體。行，這樣也行。馮笑，我想請你幫我個忙，麻煩你去告訴他，既然如此我也不去找他的麻煩了，不過我曾經答應過的他那部分股份我是不會給他了，這件事情就抹平了。不是我寧相如不講信譽，是他康得茂首先背信棄義，喜新厭舊。還有，從今往後我和他之間的交情就再也沒有了。我寧相如還不至於離開了他就吃不上飯！」她說，越到後來就越激動。

我急忙地道：「這件事情我可以負責轉告給他。我也相信他會答應的。而且……寧……相如，我的股份也不要了，這件事情我也有責任。對不起。」

她卻在搖頭，「這件事情和你一點關係也沒有。也許你從心裏看不起我，因為我和他發生關係的時候他還沒有離婚，你可能會覺得我很下賤。我理解你的想法。確實，我真的很下賤，竟然還會去相信男人，更可笑的是我是如此的幼稚，居然會去相信什麼愛情！哈哈！」

她現在變得非常的激動，而且神情有些可怕，不知道是怎麼的，我忽然感到一種心痛的感覺，因為我頓時覺得她也是一個很可憐的女人。

我的心裏頓時慌亂起來，隨即便聽見自己在語無倫次地說道：「相如，我剛才說的是真的。你已經給了我錢了，股份的事情就不要再說了。你現在資金上暫時有困難，可以把一部分股份轉讓出去，或許這樣可以緩解這個問題。」

說到這裏，我忽然想起宋梅以前對我說過的話來，「相如，我建議你加大宣傳的力度。公墓那樣的專案比較特殊，我覺得你可以從風水的角度大力宣傳一下，而且在前期儘量低價銷售，微利銷售，等過一段時間購買的人多起來了後，再慢慢提價。還有，我覺得可以人為地在社會上製造一些輿論，就說墓地的價格將在未來兩年內上漲幾倍。我相信這樣一來的話，人們就會緊張起來的。因為墓地和住房是一樣，都有著極強的剛性需求。」

準確地講，我這番話是為了轉移話題。因為剛才的那個話題太沉重了，太令人尷尬了。

果然，我的話吸引了她的注意力，「你從哪裏學到了這些東西？」

我歎息道：「相如，實話告訴你吧。你手上的這個專案最開始是一個叫宋梅的人準備操作的，那時候他也準備和我合作。可是後來卻發生了意想不到的事情，他被人打死了。剛才我所說的其實是他的想法。這個人非常聰明，可惜……哎！不說這件事情了，現在我想起來心裏都還覺得難受。所以，你能夠得到這個專案其實是一種幸運，因為前面的幾個人都為了這個專案搞得死的死、坐牢的坐牢，甚至民政局的前任局長還被雙規了，而你卻如此輕鬆地得到了它。正因為如此，我才覺得不管再困難，你都應該把這個專案操作好才是。且不說前面的那些事情，就是這個專案未來的利潤也值得你這樣去做。你說是不是？」

她低聲地道：「以前我聽說過這些事，但是想不到這裏面竟然如此複雜。謝謝你馮笑，我明白了。不過你的股份我肯定是要給你的，我寧相如雖然是一個女流之輩，但是我也是說一不二的人。你剛才的建議太好了，我會好好考慮的。」

「其實，你應該去請一家專業的策劃公司來替你做宣傳行銷方案的，就這個專案來講，花這筆錢很值得。」於是我又建議道。

「謝謝你的這個建議。」她說道，「我想好了，馬上用我另外一個專案的資產去向銀行貸款。現在我已經沒有了退路了。不過銀行的人現在太難搞定了，那些人不但要錢，還想要我的人。這個社會我可是看透了。想我寧相如曾經那麼高傲，為了自己所謂的清白，不屑於去和那些人交往。現在我想明白了，什麼啊？不就是陪他們睡一覺嗎？」

正在這時候那位服務員進來了，她肯定聽到了寧相如說的這句話，臉上頓時變得緋紅。

「把酒放在這裏，我們自己打開，你出去吧。」我急忙對服務員說道。其實我的內心裏也很震驚，因為我完全想不到寧相如會說出這樣的話來，同時心裏也更加感到刺痛了，我這才真切地感覺到康得茂對她的傷害是如此的大。

得想辦法幫幫她才是。我心裏想道。

接下來我們開始喝酒，我和她都在刻意迴避她和康得茂的事情，談及到的都是公墓專案的相關問題。

我和她都沒有喝醉，因為才喝了一點酒她就提出來不喝了。她對我說：「我吃好了，得馬上回去了。明天還有很多事情呢。謝謝你今天請我吃飯。」

她的神情依然悽楚，我看得清清楚楚。其實我的心裏早已經被她的悽楚籠罩了，心情也極度不好，根本就沒有任何食欲。於是我即刻吩咐服務員結賬，隨後和她一起離開了這家私家菜坊。

她離開的時候沒有和我打招呼，她有些魂不守舍。我就這樣看著她上了車，待她將車開走後，我才歎息著去開車離開。

第九章

銀行前的巨獅

當我看見眼前這對銅鑄成的巨大獅子的時候，
心裏頓時就有了一種驚悚的感覺，
彷彿它們正虎視眈眈地在看著自己的錢袋，
猛然地有了一種它們正試圖將我連肉帶骨吞噬下去的恐怖。

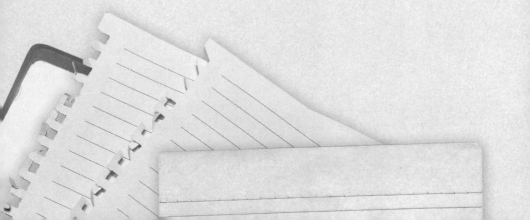

回到家裏後，我才給康得茂打電話。

「得茂，我覺得我們兩個人都很卑鄙。」這是我對他說的第一句話。

「……馮笑，你這話是什麼意思？」他隔了一會兒後才這樣問我道。

於是我把今天晚上與寧相如在一起的所有情況對他講述了一遍，最後我對他說道：「得茂，你對她的傷害太大了，但是她卻如此寬容。你在她那裏的股份其實說到底也就是她的一句話而已，不要也罷。你說呢？我也對她講了，我的那些所謂的股份也不要了，這也算是我們對她的補償吧。」

「我從來就沒有想過要她的什麼股份。」他說，隨即又歎息道：「馮笑，你說得對，我確實夠卑鄙的。不過這件事情和你沒有一點的關係，你不要自責。」

「她目前需要資金，很想向銀行貸款。我和銀行方面沒有什麼關係，這件事情你得幫她。我們不能眼睜睜地看著她這樣自我傷害下去。你說是不是？」於是我又對她說道。

「馮笑，你說得對。黃省長分管金融，我和省裏面幾家銀行的行長關係都不錯。這樣吧，明天我給建設銀行的行長打個電話，然後你去見一下他。這件事情我出面不好，因為寧相如的性格其實很倔強的，所以只能請你出面幫她牽線搭橋。建行行長那裏我會給他講清楚的，讓他不要提到我。馮笑，謝謝你了，現在我聽你說起這件事情來讓我心裏很難受，但是我不可能在現在這種情況下放棄丁香。也只好這樣了，能夠幫她的話就儘量幫幫她吧。」他隨即說道。

我忽然衝動了起來，隨即問他道：「得茂，你是不是覺得寧相如依然會背叛你所以才選擇了丁香的？」

「……馮笑，我心情很不好。就這樣吧。」他說，隨即掛斷了電話。

我不禁歎息：看來我的分析沒有錯。不過我很理解康得茂，要是換成是我自己的話，可能我也會像他那樣選擇。因為他再也無法承受婚姻的再次失敗，特別是因為那樣的原因。

正準備去洗澡然後看看書後睡覺，卻聽到自己的手機響了起來，拿起來發現竟然是寧相如打來的，「對不起，我沒給你打招呼就走了。我今天的心情很不好，請你原諒。」

「沒什麼。我很理解。相如，這件事情都是得茂和我的錯。今天我一直不敢告訴你一件事情，因為我害怕你恨我。其實，其實康得茂現在的女朋友是我介紹給他認識的。她曾經是我的病人。」我說。不知道是怎麼的，當我把這件事情告訴了她之後，心裏頓時長長地鬆了一口氣，即刻感覺全身輕快多了。

然而，讓我更加想不到的是，她卻即刻歎息了一聲，「我估計就是這樣。」

「我……」我剛剛鬆弛下來的心情頓時又緊繃了起來，「相如，對不起。現在我說什麼都已經變得毫無意義了。不過我有一句話想對你說，千萬不要作踐自己。你可以不再相信我們男人，也可以不再相信愛情，但是千萬不要作踐自己。」

「……我的心已經死了，現在這個社會就是這樣，除了錢什麼都是假的。」她沉默了幾秒鐘後才幽幽地說道。

「相如，你千萬不要這樣想，其實我相信你的內心還是相信人與人之間的真誠的。只不過今天的這件事對你的打擊太大了，所以你一時間才會變得這樣悲觀失望。相如，銀行方面的事情你別著急。我岳父和他們的關係應該很不錯，明天我和他聯繫一下，看能不能替你在中間做些工作。總之我還是那樣一句話，就是看在你這個專案曾經經受過的那一切的份上，我也會儘量想辦法幫你把它做好的。我們是朋友是吧？請你一定要相信我。好嗎？」我急忙地說道。

「謝謝你。很難的，很多事情不像你想像的那麼簡單。你是當醫生的，根本就不知道我們做生意的人的難處。」她輕聲地說道。

我頓時笑了起來，「相如，你錯了。其實我現在做的專案可能並不比你的小呢。確實是很難，但是我覺得只要方法得當、步驟合理，而且最關鍵的是關係到位了的話，很多問題就好迎刃而解的。你說是嗎？」

「原來是這樣。我說呢，你今天談起那些事情來頭頭是道的。」她發出了驚訝的聲音，「馮笑，謝謝你，你有這個心就已經讓我很感激了，成不成都沒有關係。」她說，很真誠的聲音。

我也真誠地對她說道：「一定會成的，我會想一切辦法幫助你的。相如，你和得茂的事情是我對不起你，我現在只好儘量亡羊補牢，但願你不要恨我才是。」

「馮笑，你是好人。」她依然輕聲地道，隨即掛斷了電話。

我拿著電話發了一會兒愣，隨即搖頭歎息。

忽然感覺到自己的臥室裏有一種空落落的感覺，頓時明白了是因為這裏沒有了陳圓和孩子的緣故。陳圓現在還在醫院裏，孩子跟著保姆在睡覺。

我每天都要到神內科去看望陳圓，但是她卻依然如故。她更消瘦了，昨天我給她擦拭身體的時候發現她的肋骨根根突起，雙腿的肌肉也開始有了萎縮的跡象。還有，她的頭髮已經變得枯萎起來，眼眶凹陷得厲害。看著她的那模樣，我心裏很不是滋味。不過我的心裏早已經麻木了，而且因為我是醫生，完全懂得其中的緣故，所以只能無奈地看著她繼續這樣下去。

神內科的主任告訴我說，從陳圓目前的情況來看，很可能會出現感染，隨後出現褥瘡是很難避免的事情。

現在，當我看著這空落落的臥室的時候，我即刻決定了：明天去把她接回來。因為，到了目前這樣的情況，我不可能再自欺欺人地認為她有醒轉來的希望了，而且，我對她的生命能夠維持多久也不能肯定了。就讓她和孩子在一起的時間多一些吧，不然的話孩子長大後會責怪我的。我心裏這樣想道。

洗完澡後從洗漱間出來，發現保姆正在客廳裏，她笑著對我說道：「孩子已經睡著了。」

我朝她點頭，「明天我準備去把陳圓接回來。在醫院太容易感染了。趁現在她還沒有出現感染的情況下，把她接回來是最好的辦法。今後還是請那位退休醫生來照顧她。阿姨，你今後儘量讓孩子和她多在一起。哎，我真擔心陳圓會……」

「姑爺，不會的。小姐那麼好的一個人，怎麼會呢？」保姆急忙地道。

我忽然發現保姆身上穿的是睡衣，頓時明白了她這時候出來是有事情要對我講，於是即刻問她道：「阿姨，你有什麼事情嗎？」

她很扭捏的樣子，「姑爺，我家菜菜……」

我頓時想起來了，急忙輕輕地拍了一下自己的腦袋，「哎呀！你看我這記性！最近太忙了，完全把這事情給忘了。這樣吧，明天我就問問。」

她很不好意思的樣子，「姑爺，本來我是想明天早上問你的。可是菜菜回家去後天天和她爸爸吵架，就是不願意繼續待在農村裏。她剛才打電話來說，如果再不讓她出來的話，她就……哎！說出來真是丟死人了。」

我頓時詫異起來，「究竟出了什麼事情了？待在農村裏怎麼丟人了？」

保姆的臉頓時紅了起來，「姑爺，你也不是外人了，我就直接對你說了吧。我那丫頭真是急死人了，她說如果在省城裏不能給她找到工作的話，她就去廣州坐台。真是丟死人了！她爸爸差點打她一頓！你說現在的女孩子怎麼變成這樣了？我們村裏好幾個女孩在沿海做小姐，結果染上了一身的病，聽說今後連孩子都不能生了。我們家菜菜一直還很聽話，一直待在工廠裏面打工。姑爺，我真擔心啊……」

我很是驚訝，心裏卻忽然想道：你和你男人在我們江南，她在沿海究竟在幹什麼事情你怎麼知道？

不過我也忽然地意識到這件事情的嚴重起來，萬一她的女兒以前一直很聽話，而現在真的去走那條路了的話，怎麼得了？

「你問過她沒有？她對工作上有什麼要求？比如工作性質、待遇什麼的。」我隨即問道。

「你說她還能幹什麼？高中畢業生，最多也就是當工人什麼的。我也問過她，可是她就是不告訴我。她明天就要從家裏出來了，我真拿她沒辦法。」保姆憂心忡忡地說。

我頓時為難起來，「這樣吧，等她到了後我問問她再說。你看這樣可以嗎？」保姆不住道謝，嘴裏嘀咕著什麼，隨即就回到她的房裏去了。

我心裏忽然覺得不安起來：這個菜菜，她不會以前就在沿海幹那樣的事情吧？隨即，我腦海裏浮現起她那張清純的臉來，頓時搖了搖頭：馮笑，你怎麼能這樣去想那麼純樸的一個女孩子呢？

康得茂在第二天上午接近十點就給我打來了電話。他告訴我說他已經和省建行的行長聯繫好了，讓我今天抽時間一定去拜訪一下這個人。

「你看我帶點什麼東西去比較合適？我對這方面的情況不是很瞭解。」我問他道。我發現自己一旦遇到與官場上人物接觸的時候，就變得如同白癡一樣。

他笑道：「行長是一位女性。你去她辦公室的時候最好什麼都不要帶，不過你最好暗示她會按照規矩辦的。但是你去之前最好和寧相如溝通一下，她清楚銀行裏面的規矩。」

康得茂朝我交代了其他的一些事情，包括那位女行長的名字，「她叫林百靈，百靈鳥的百靈。」

我接下來隨即給寧相如打電話。

她很吃驚，「馮笑，你這麼快就聯繫上了？林行長這個人我聽說過，據說她可不是一般的不好說話。」

「相如，現在我們不談這些事情，我馬上要去和她見面。銀行裏的規矩你明白吧？我得先當面暗示她之後，才把她請出來和你見面，這樣把握性大一些。你說呢？」我即刻說道。

「這樣當然最好。行，沒問題。我清楚銀行裏面的規矩，肯定是要給人家好處的啊。這件事情你不需要知道具體的細節，我今後一定會兌現的。你放心吧。馮笑，你不是說你也在做專案嗎？難道你從來沒有和銀行方面接觸過？呵呵！我是覺得很好奇，因為現在做專案的沒有誰不去和銀行接觸的。」她說。

我笑道：「我的專案又不是我自己在操作，我請了人在幫我具體管理，我就當甩手掌櫃。」

她頓時歎息道：「馮笑，乾脆我來給你打工好了。我太累了。」

我大笑，「你這麼好強的一個人，怎麼可能願意寄人籬下？」

她也笑，「馮笑，想不到你竟然這麼瞭解我。」

掛斷電話後，我發現康得茂給我發來了一則簡訊，簡訊裏是林百靈的手機號碼和辦公室號碼。後面還有一句話：我告訴了她你和黃省長的關係。

我頓時不安起來，因為康得茂的意思我很明白，他這是要讓我去狐假虎威。

隨後，我回了一次家。因為我覺得第一次去拜訪一位銀行的女性高級官員，不帶點東西去的話很不合適。

省建設銀行位於我們這座城市的黃金地段，占地不小。建築風格上有些西化，不過看上去卻有著一種大氣和威嚴，我想：如果把建設銀行那幾個黑色的大字換成檢察院或者公安局的話似乎更合適。

建設銀行最具特徵的就是大門前的那一對銅鑄獅子，它們都是雄獅，形態威猛、逼真，一隻張大嘴巴在咆哮，另一隻閉嘴在虎視眈眈。

當我看見眼前這對銅鑄成的巨大獅子的時候，心裏頓時就有了一種驚悚的感覺，彷彿它們正虎視眈眈地在看著自己的錢袋，猛然地有了一種它們正試圖將我連肉帶骨吞噬下去的恐怖。

所以，我發現自己很不喜歡這裏的這一對銅鑄獅子雕像。

就在建設銀行的前面，我給林百靈撥通了電話，「林行長，您好。我是康得茂的同學，我叫馮笑。現在我正在你們單位的樓下。」

「你好。馮醫生是吧？久聞你的大名了。我的辦公室在八樓，你搭乘旁邊的電梯上來，我讓我的助手在電梯口等你。」她說。我發現她的聲音很動聽，不過卻無法聽出她具體的年齡來。

終於找到了那部電梯，然後上樓。下電梯後就看到一位身穿銀行工作服的年輕女性在那裏等候。她在朝著我微笑：「馮醫生是吧？」

我微笑著朝她點頭。

「請跟我來吧。」她朝我做了個手勢，隨即朝前面走去。

我跟在她的身後，發現前面的她身材婀娜，走起路來的時候身體如同她剛才的笑容一樣的端莊美麗，青色的西裝裙下的雙腿白皙而修長。我看得出來，她肯定經過正規的禮儀培訓。

她帶著我一直朝裏面走，這一層樓非常安靜，自己置身於其中竟然有一種科幻的感覺。

終於到了，她敲了一下辦公室的房門後將門打開，然後朝著我做了一個標準的請我進入的手勢，白皙漂亮的臉上是標準的、職業性的微笑。

我對她說了聲「謝謝」後即刻進入。頓時看見寬大、氣派的辦公室裏面一位女性正在那裏伏案工作，她朝我抬起了頭來。

「馮醫生是吧？來，請坐。麻煩你等一下，我馬上就把手上的事情辦完了。」她指著她寬大辦公桌前面的椅子對我說道。

當我看見她第一眼的時候，頓時在心裏就訝異了。因為我忽然發現她與我心目中的銀行行長竟然有著那麼大的差距。

在我的感覺裏，銀行行長如果是男人的話，那麼他就一定是那種西裝革履、風度翩翩，看上去乾淨俐落的模樣。我曾經接觸過幾位銀行經理級別的人士，他們都是這樣子的。而我心中女性行長的形象就應該是相貌端莊、身著職業服裝，並略顯豐腴。

可是我面前的她，卻完全不是我想像的那個樣子的。

她太瘦了，而且從她的坐姿上看，她應該是一位身形矮小的女性。她的年齡應該是在四十歲左右，不過她看上去並不顯老，甚至還有著一種微微的清秀。

我坐在她的對面，不敢去仔細觀察她，只是用眼睛的餘光在悄悄打量她。

她的助手進來替我泡好了茶，隨即就出去了。她繼續在一份文件上寫著什麼，我依然靜靜地等候。她辦公室裏面很靜，靜得我可以聽見自己的呼吸聲。

雖然我只等候了不到五分鐘的時間，但是卻感覺到時間是如此的漫長。我討厭這種難受的感覺，討厭這種等候。因為我忽然感覺到這個瘦弱的女人竟然給我帶來了一種威壓。

她終於忙完了，抬起頭來朝我笑道：「對不起，讓你久等了。康秘給我打了電話，聽說你和黃省長的關係不錯？」

我本以為她會很委婉地問這件事情，但卻想不到她是這麼的直接，不由得想道：看來銀行的人就是不一樣，他們很現實。於是我回答道：「我差點當了他的秘書，不過我更喜歡當醫生。」

她頓時笑了起來，「我聽康得茂說過這件事情，他很感謝你的。不過你們倆是同學，誰去當黃省長的秘書都無所謂。康秘為人很不錯，今後前途無量啊。」

我點頭，「確實如此，他這人對人很真誠。」

「康秘說你是教授了，我真沒想到竟然還有這麼年輕的教授呢，今天可是見識到了。」她又笑道。

我急忙糾正，「副教授。」隨即也笑道：「我今天也很吃驚呢，想不到我們省建設銀行的行長竟然是您這麼一位年輕嬌柔的女性。我今天剛剛見到您的時候頓時就大吃了一驚，不過現在想來您一定自有出色的一面，對於一位女性來講，能夠坐到這樣的位置可要比男人更難了，所以我更敬佩您呢。」

她很高興的樣子，隨即去端起杯子喝茶，同時問我道：「馮醫生是哪個科室的醫生？說不定今後我也會麻煩你呢。」

「婦產科。」我回答。現在，我對自己的職業不但不再忌諱，反而地有了一種自豪和驕傲，因為我已經是科室主任，而且自己的科研專案做得非常的順利。我相信，就在不久的將來，婦產科專家的名頭一定會被冠在我的頭上。

正在喝水的她猛然咳嗽了起來，隨即便見她抬起頭來驚訝地看著我。

我當然知道她為什麼會這樣，於是繼續地道：「我不但是婦產科的副教授，而且還是科室主任。也許在今年下半年，最遲明年，我就是碩士生導師了。林行長，不是我故意要在您面前顯示自己什麼，而是想說明一個問題，那就是：我們男性婦產科醫生更優秀，而且從全國的婦產科學界來看也是如此。」

我今天本來是為了貸款的事情才來找她的，但是想不到我們一直在談其他的事情，不過想想也就覺得正常了：她總得先瞭解一下我這個人吧？畢竟我是康得茂的同學，而且她還聽說我與黃省長有著某種關係。官場上面的人都很現實，而且往往不會放過任何與領導的任何關係，特別是作為她來講，正如我剛才對她說的那樣，能夠坐到這樣的位置上絕非幸事。

所以，我也就變得隨便起來，因為我知道，如果要讓對方瞭解並認識自己的話，最好的辦法就是真誠地告訴對方自己的一切。

真誠是人與人交往最有效的法寶，虛假的東西可能會騙過人家一時，但絕不會騙別人一世。現在的人都不是傻子，把別人當傻瓜的人，其實他自己才是最大的傻瓜。常言道：心機不讓人識破，識破不值半文錢。這句話說的就是這個道理。

她臉上驚訝的神色消失了，隨即點頭道：「有道理。呵呵！想不到我們倆還有共同的地方：你覺得我一個女人當這行長很奇怪，我也覺得你這個男人當婦產科醫生更讓人驚奇。不過你說得對，男人當婦產科醫生可能會更加優秀，我們女人當銀行行長也有我們的長處，至少我們不會那麼容易被誘惑。你說是嗎？」

我沒有想到她會說出這樣的話來，「林行長，我不贊同你的這個說法。我們男性要成為優秀的婦產科醫生首要的前提，就是從心底裏面對女性有一種發自內心的關愛。女醫生做到了這一點也可以成為優秀的婦產科醫生的，這和性別並沒有特別的關係。銀行行長的位置也是一樣，受不受誘惑並不是一個人的性別決定的，而是和一個人的品格和境界有關係。呵呵！現在我終於明白林行長為什麼可以坐到這樣的位置了，因為您太優秀了。」

她大笑，「想不到你這麼會說話。難怪黃省長會看上你呢。好了，我們不說其他的了，你說說那個專案的情況。」

我急忙地道：「林行長，康得茂給您講過沒有？其實並不是我自己要貸款，而是我的一位朋友。具體的情況我也不說很清楚，我只知道她有抵押物，而且也有償還貸款的能力，因為她現在正在進行的專案未來的情況很不錯。當然，這些情況還需要你們銀行方面具體去調查、核實。我只是希望貸款的手續儘量簡便一些，還有就是她專案的抵押值不要評估得那麼低而已。林行長，我的這位朋友很講信譽，您接觸後就知道了。」

她笑道：「我們銀行方面最歡迎的就是講信譽的客戶了。其實現在我們銀行的人有一個誤區，總覺得是人家在求我們，這個認識是錯誤的。我們應該去尋找那些優質的客戶，因為優質的客戶才是我們的上帝。」

我即刻地道：「林行長真是與眾不同啊，這樣的認識高度可能不會有多少銀行的領導具備呢。」

她頓時輕笑道：「你就不要表揚我了。」她隨即看了看時間，「這樣，我馬上還有點其他的事情，你讓你那朋友帶著相關的資料去找我們的信貸處長。我給他們打個招呼就是。你放心，他們不會為難你那朋友的。」

我本以為她會親自辦理這件事情的，所以聽到她這樣說後心裏頓時有些失望起來，不過我卻又不好多說什麼，於是試探著對她說道：「林行長，最近您有空嗎？

我想請您吃頓飯。」

「不用了，今天我們認識了就是朋友了。你說是嗎？」她朝我微笑，隨即站了起來。

我知道她這是在逐客了，急忙地也站了起來，同時把自己帶來的那個小紙袋朝她遞了過去，「林行長，我第一次來拜訪您也沒有帶什麼東西，這是我的一點小意思……」

她即刻地道：「馮醫生，這樣可不好。你這東西可不便宜，你這是讓我犯錯誤啊。」

我說：「林行長，您剛才不是說了嗎？我們今天認識了就是朋友了，朋友之間送點小東西不算是什麼大事情吧？」

她看著我笑，「既然這樣，那我就交你這個朋友了。這樣吧，你等等，我也送你一樣東西。」

我頓時愕然，隨即就看見她去打開了她身後的一道門。

原來她這裏也有休息室，看來當高級領導的都有這樣的待遇。我心裏想道。

不過我暗暗感到好奇：她會送我一件什麼樣的東西呢？

她很快就從裏面出來了。這時候我才真正地注意到了，她的個子真的有些矮小，肯定不到一米六，最多也就一米五八的樣子。而且她太瘦了。

她的手上提著的也是一個紙袋，看上去很精美。

她將那個紙袋朝我遞了過來，微笑著對我說道：「一個小禮物，請你收下。今天很高興認識你。」

我這才發現漂亮的紙袋上是凡賽斯的英文標識，頓時猶豫起來，「林行長，您這禮物太貴重了吧？」

她大笑，「比起你的來，這就是小玩意了。馮醫生，你這樣說的話可就是看不起我了。既然大家是朋友了，就不要說這些話了吧？按照道理上說，我這東西可是拿不出手的。不過我覺得倒是不錯，你送我化妝品，我回送你領帶。都是為了漂亮。呵呵！就這樣吧，我馬上還有點事情。主要是最近幾天太忙了，過幾天吧，我約康秘出來吃頓飯，到時候你一定要參加哦？」

我只好去接了過來，嘴裏依然不好意思地道：「林行長，那就謝謝了。您看，今天我來麻煩您，結果反而……呵呵！這樣吧，過幾天我來約得茂，到時候我給您打電話。」

她親自送我出了辦公室，然後由她的助手把我送到了電梯口處。

第十章

私生子

她低聲地說道：「哥，我好像有孩子了，是你的。」
我被她的話嚇了一跳，「不會吧？」
她抬起頭來看著我，「你不高興？」
「我們不可能結婚的。你要這孩子幹什麼？
而且，你的身體狀況怎麼可能會有孩子呢？」
我問她道，思緒頓時變得複雜起來。

在開車回去的路上，我心裏一直覺得不踏實，隨即給康得茂打了個電話，「得茂，我已經去見了林行長了。可是她說讓寧相如去找信貸處的處長。今天我給她帶了一份小禮物去，結果她竟然回贈了我一樣東西。我覺得她太客氣了，這樣讓我反而擔心事情會出什麼問題。」

「她這人就是這樣的脾氣，不過黃省長很看重她。她讓寧相如去找信貸處的處長是對的，她是行長，不可能具體去辦這樣的事情，她只需要給那位信貸處處長打個招呼就可以了。對了，你給她送了什麼東西？你很厲害啊，第一次去她那裏她就接受了你的禮物。你不知道，很多人在她面前可是都碰壁了的。」他對我說道。

「真的啊？這樣說起來她可是很給我面子的啊。呵呵！不，她是給你面子。我給她送了一套化妝品，是我和陳圓結婚的時候別人送的，正好還有最後一套。她回贈了我一條凡賽斯的領帶。搞得我怪不好意思的。得茂，我把這條領帶轉送給你好了。」我笑著說，心情頓時愉快了起來。

「哈哈！我可不敢接受，那可是人家送給你的東西。而且我這裏那樣的東西很多。」他笑著說。

「你這傢伙，怎麼這麼腐敗啊？」我大笑。

他的聲音頓時變得小聲起來，「你想想，我是黃省長的秘書，人家送他小禮品的時候當然也會考慮到我啦。最近一家專門生產貂皮大衣的廠家給省裏的領導每人送了一件衣服，我們當秘書的都有呢。不過我不敢穿，太昂貴了。馮笑，我送給你倒是很合適，這就算我謝媒的禮物吧。」

我大笑，「好，把你那些不敢用的高級玩意都送給我吧，免得你放在家裏生霉。好了，我不和你開玩笑了，林行長說了，過幾天她準備請你吃飯，讓我也參加。於是我說由我來安排。得茂，這件事情得由你出面才行。」

「好吧，就這個週末吧，到時候讓她來安排。他們銀行的錢太多了，我們提她消費一點點也是可以的。」他笑著說。

「那，到時候你叫寧相如嗎？」我問道。

「千萬不要叫她啊，現在我避之唯恐不及呢。」他急忙地道。

「得茂，我倒是覺得應該把她叫上才好。一方面正好借這個機會讓她和林行長見一面，另外還可以趁機和緩一下你目前和她的關係。得茂，不管怎麼說你們曾經有過那種關係，現在你們關係變得如此緊張，她永遠都是一顆定時炸彈啊。如果能夠借此機會把這顆炸彈的引線拔掉的話，豈不是更好？」我急忙地勸說他道。

「這樣吧，到時候你問問她。如果她願意來的話我不反對。但是麻煩你一定要對她講清楚，馮笑，你想過沒有？如果她到時候在飯桌上耍小性子的話，我可就下不來台了。」他說。

我想，他擔心的情況，倒也不是不可能，於是我說道：「這樣吧，我先問清楚了她再說。這件事情是我欠缺考慮了，畢竟你現在的身分不一樣了，如果讓林行長知道了你和她的事情可就麻煩了。算了，就不要叫她了，以後再說吧。我只是擔心今後再出什麼事情。對了，還有一件事情，你說林行長不讓寧相如去見她，那她怎麼去向林行長表示啊？」

有一點我是知道的，雖然林行長一般不接受別人的禮物，但這並不表示她就不會接受其他形式的好處。

「馮笑，這些事情就不是你我需要考慮的問題了。她寧相如經商多年，這樣的事情她自己知道該如何去處理。而且對於我來講，這樣的事情是不可能對她出任何的主意的。你讓她自己看著辦吧。說實在話，雖然我和林行長比較熟悉，但是在這方面我還真的不是特別瞭解她。」他回答說。

我覺得也只好這樣了。

即刻給寧相如打電話，將今天林行長的意見對她講了。她非常高興，不住向我道謝。

「你抓緊事情去辦，帶齊資料。」我說。

「信貸處長那裏我需不需要表示一下？」她問我道。

我不禁苦笑，因為這正是我剛才問康得茂的問題，「我怎麼知道？你看著辦吧。」

「問題是林行長那裏……既然她打了招呼了，下面的人那裏……好吧，我試探一下對方的口氣再說。」她說道。我感覺得出來，她也覺得很難辦。

兩天過後，寧相如就給我打電話來了，「那位信貸處處長挺客氣的。資料已經交給他們了，可能還得麻煩你再和林行長打個電話才行。」

現在，我忽然有了一種衝動：是不是該把這件事情是康得茂在幫忙的真相告訴她呢？

我出現這樣一種衝動是有緣由的，因為我知道很多的誤會都是因為隱瞞產生甚至加重的，電影、電視裏經常發生這樣的事情，而我們的現實生活中更是如此。可是……我又想到她和康得茂目前的這種特別的關係，所以我很猶豫。

其實我猶豫的願意只有一個，就是康得茂顧慮的那樣：在請林行長吃飯的時候萬一寧相如大吵大鬧起來了的話就糟糕了。因為我，更包括康得茂，我們都不能肯定這樣的情況不會出現。雖然我認為寧相如會考慮到她目前的困難很可能不會那樣去做，但是這樣的事情是賭不得的，因為康得茂現在的位置太敏感了。

或者這樣，我先把康得茂幫忙的事情告訴寧相如，然後看她的態度。現在既然她已經把資料交到建行了，這就不會影響到後面貸款的事情。對，就這樣。我即刻地想道。

所以，我接下來就直接告訴了她：「我有事情想和你談。我們找個地方。」

我和寧相如坐在濱江路一家茶樓的外面。兩張籐椅，茶几上有一壺綠茶。今天有著燦爛的陽光，坐在籐椅裏的我已經被陽光溫暖得全身暖洋洋的了，不禁讓我懷念起去年的秋日。我懷念這種溫暖的感受，因為這樣的溫暖是溫和的，而且也給人以愉悅的倦怠感受。

寧相如坐在我的對面，躲在樹蔭下。她害怕陽光曬出了她臉上的斑。她自己這樣對我說的。

我喜歡這種懶洋洋的感覺，因為這種感覺可以讓我從容地去和她慢慢談及某些問題。我將自己的身體蜷縮在籐椅裏，嘴裏在問她道：「那位信貸處的處長具體是怎麼對你講的？」

「他就是讓我儘快把資料補充齊全，還說林行長已經給他打了招呼了。我暗示過他要感謝他，但是他直接地拒絕了。他說，林行長交辦的事情我們會認真對待的。」她回答說。

「相如，我覺得吧，如果你今後還要繼續和他們打交道的話，這次一定要把這種關係建立得牢靠一些才好，這是一次不錯的機會。」我即刻建議她道。

她點頭，「是的，我已經這樣想了。所以我還是給那位處長表示了一下。他也接受了，不過是在我再三勸說下接受的，而且我向他保證林行長不知道這件事情。」

我頓時放下心來。

我隨即對她說道：「相如，我實話告訴你吧，這件事情不是我岳父幫的忙。我也是第一次和林行長接觸。幫忙的人是康得茂。他是常務副省長的秘書，而金融這一塊正是黃省長分管的，所以你的事情才這麼順利。」

「馮笑，你……你怎麼能這樣呢？你這不是讓我更加難受嗎？你明明知道我心裏恨康得茂，但是你卻這樣。」她頓時愕然，隨即便氣急敗壞起來。

我朝她做了個手勢，「你別說了。我知道你心裏的想法，就是想讓康得茂愧對於你是吧？但是你想過沒有？就目前而言你最大的困難是什麼？是你公司未來的前途和命運。現在你的問題是眼睜睜地看著自己的資金鏈即將斷裂，眼睜睜地看著即將到手的利潤很可能會付之東流。所以，我覺得就目前而言，沒有什麼比解決你目前資金困難更重要的事情了。相如，感情的問題其實說起來也很簡單，緣分這東西如果沒有了，怎麼去爭取都是白搭。如果我是你的話，可能還會主動去找康得茂幫忙解決這個問題作為交換的，這樣比你不給他股份什麼的更好，至少不會讓你們兩個人成為陌路人甚至仇敵。你說是嗎？」

她不說話了，不過神情悽楚的樣子讓我一覽無遺。

我繼續地說道：「相如，我們現在都是成年人，兩個人之間的事情有時候很難說。我相信當時康得茂是真心喜歡你的，因為他對我說過這件事情，但是一個人的情感是會發生變化的，所以，我覺得你不能把他完全歸結為喜新厭舊上面去。」

說到這裏，我聽到她忽然冷冷地道：「馮笑，其實你錯了。我知道你要去找康得茂，也知道康得茂會幫我。這只不過是我使的一條計策罷了。他有了新的女朋友的事情我早就知道。當然，我也可以假裝什麼都不知道，然後要求他出面去解決我貸款的問題，可是我沒有那樣做，因為我想要他不但幫助了我，而且心裏依舊感到愧疚。你說得對，我們已經是成年人了，所以我不會找他大吵大鬧，那樣太傻了，毫不值得。但是，我要懲罰他，我要懲罰他玩弄女性，讓他幫助了我也得不到心裏的安寧。事情就是這樣簡單。你馮笑在中間幹了什麼我也知道，所以我也讓你去替我做那些事情。我可是為了你好，免得你一直在心裏覺得難受。現在好了，我貸款的問題馬上就可以得到解決了。馮笑，我和你之間的事情也算是了結啦。現在你可以不必愧疚了吧？」

我頓時愕然，因為我想不到事情竟然會是這樣的。這一刻，我內心的火氣「噌噌」直冒，差點忍不住發作出來！

她在那裏冷笑。

不，好像不對！猛然地，我想到了一件事情。

對，肯定是這樣！我差點真正上了她的當。我心裏頓時明白了。於是我即刻地笑了起來，「相如，如果真的是這樣的話我也很高興，因為我和得茂都心甘情願地上你這個當，這樣我和他心裏才會覺得好受一些。這下好了，現在你的問題解決了，一切都解決了。這才是我最想看到的事情。」

我相信，剛才自己錯愕的表情早已經被她看在了眼裏。而現在，她反而驚訝了。

隨即，她開始歎息，「馮笑，你太可怕了。我今後還是少和你們這樣聰明的人接觸的好。」

我笑著說道：「你比我們更聰明。剛才你試圖用那樣的話來讓我生氣，然後讓我把事情所謂的真相去告訴康得茂，讓他今後更加害怕你，讓你在他心裏永遠成為一顆定時炸彈。因為你的那些話想要顯示的是你的可怕，顯示你是如此的把我們兩個男人玩弄於你的股掌之間。相如，你不要這樣好不好？俗話說冤家宜解不宜結，你這是何苦呢？本來這個週末林行長約了得茂和我一起吃飯的，我也向得茂提出請你一起參加的建議，但是他就是擔心你不冷靜。相如啊，你看，這是多好的一次機會啊，你怎麼就鑽進了那個牛角尖裏去了就出不來呢？你說的那句話我贊同，男女之間就那麼回事，大家在一起高興就行了，何必那麼認真呢？當然，我並不是說我們可以隨意胡來，不過事已至此，你不這樣去想的話，如何能夠想得通呢？我說的可是實話，因為我把你當成了朋友，所以也就不再忌諱什麼了，想到哪裏就說到哪裏了，你不要在意啊？」

她幽幽地道：「馮笑，你只說對了一半。其實我最真實的想法不但是要讓康得茂害怕我一輩子，而H也希望你能夠在生氣的情況下不再提出不要股份的事情，而且最好向我提出要報酬什麼的。這樣的話我也就不需要一邊恨你一邊又要感激你了。我不知道你是怎麼發現了我話中的漏洞的，你太聰明了，太可怕了。」

我說：「其實很簡單，因為你目前還並沒有拿到貸款，我想你應該知道一點，既然我們可以幫助你，也可以在現在即刻壞你的事。你是聰明人，肯定不會在現在這種情況下幹出這樣的傻事情來的。不過相如，你完全沒有必要這樣，真的，這樣毫無意義。其實你真的很傻，你想想，萬一我剛才上了你的當的話，你豈不是雞飛蛋打了？」

她搖頭道：「我瞭解你的為人，即使你再生氣也不會去把我的貸款搞砸的。」

我怔了一下，隨即笑著說道：「對，你說得對。其實你有句話沒有說出來：你最瞭解的不是我，而是康得茂。你明明知道他即使再生氣也不會去做出那樣的事情來的。我說的沒錯吧？」

她看著我歎息，「馮笑，你這個人什麼都好，就是太傻了。你幹嘛非得把一個女人的內心講出來呢？你這樣做可是要將我置於何地啊？你這樣做就如同扒光了我的衣服一樣讓我感到難堪啊，你知道嗎？」

這下我才真正的怔住了，因為我發現她說的很對。我有時候就是這樣，太喜歡賣弄自己的小聰明了，而往往在這種情況下不會去考慮別人的尷尬處境。

「對不起。」我真誠地向她道歉著說。

「你告訴康得茂吧，我想參加那個聚會。我還請你告訴他，我寧相如不會再找他的麻煩了。」她隨即淡淡地對我說了一句。

我心裏固然高興，同時也長長地舒了一口氣。

我這才站起來向她道別，離開了。走了一段距離後我還是覺得不大放心，隨即轉身去看她。我發現，她的身體正匍匐在那張茶几上面，她的背在猛烈地顫動，而且我隱隱地聽見從她那裏傳來的哭聲。

我歎息了一聲後離開。

我沒有把今天的事情告訴康得茂。因為我覺得寧相如很可憐，所以我擔心康得茂知道了這件事情後肯定會心裏不忍，這樣一來的話反而會影響到他和丁香目前的感情。如果真的造成了那樣的結果，我就成了長舌婦了，而且很可能會讓康得茂兩邊都失去。這可不是我願意看到的結果。

現在，不管怎麼說我們也算是對寧相如有了一種補償了。有些事情不可能做到那麼完美。

週末的時候，康得茂給我打來了電話，「林行長安排了今晚一起吃飯，你有空吧？」

我笑道：「你這個大秘書都有空，我這個小醫生當然有空啦。」

他在電話裏笑罵了我一句後，告訴了我晚上吃飯的時間和地點。

我依然沒有告訴他那天我和寧相如談話的事情，他也沒有問。很明顯，他不問就肯定是以為我不會讓寧相如今天要一起去。

其實我現在也沒有完全想好，因為我還需要寧相如給我一個明確的態度。當然，在我的內心裏是非常想要寧相如一起去參加今天晚上的聚會的，因為我始終覺得這是一個化解她和康得茂之間矛盾的絕好機會。但是我不能告訴康得茂自己的這個想法，因為我知道他有顧慮。

我和他是朋友，所以，我很想替他把這個麻煩解除掉。還有丁香，我也把她當成了自己的朋友，我很希望她能夠幸福。

「相如，今天晚上我和得茂要和林行長一起吃飯。」電話接通後我即刻對她說道。我想：她是聰明人，應該知道我給她打這個電話的意圖。

「你怎麼跟康得茂講的？」她問我道。

「我沒有告訴他那天我們談話的事情。」我實話實說。

「馮笑，難道你就不擔心我去了後和他吵架？」她又問我道。

我心想：怎麼不擔心呢？不擔心的話我還給你打這個電話幹嘛？不過我嘴裏卻在說道：「那天你不是已經向我保證過了嗎？」

「我們女人的話你就相信啊？」她說。

我笑道：「在我的眼裏，你不僅是一個女人，更是一位守信用的企業家。我相信你。」

她輕聲地道：「馮笑，你真會說話。謝謝你。」

我頓時放心了許多，「這樣吧，我下班後來接你，你就不用開車了。當時是我去找林行長的，今天千萬不要讓她看出康得茂是在騙她。」

「我開車最好。因為我是老闆，你是醫生啊。」她說。

我笑道：「也行，到時候麻煩你到我家裏來接我吧。我下午去大學那邊做實驗，然後早些把車開回家。」

林行長把晚餐安排在了一家五星級酒店裏。她是省建行的行長，安排在這樣的地方是必然的。

寧相如開車到我樓下接上我之後就去到了那家五星級酒店，進入到雅室的時候發現林行長一家到了，還有她的那位助手也在。可是康得茂還沒有到。

我即刻將寧相如介紹給了林行長和她的助手。可是我不知道那位助手的名字，還是林行長在旁邊說了一句：「她叫陶萄，葡萄的萄。」

寧相如不住地對她們說著感激的話，同時說：「林行長，今天我來安排吧。」

「你是我們未來的優質客戶，是我們的上帝，當然得由我們銀行安排了。而且馮教授還是我的朋友，今天可是我第一次請他吃飯呢。」林行長說。

「真不好意思。」寧相如有些尷尬地說。

這時候康得茂到了。然而讓我很是詫異的是，我看見他的身後竟然跟著丁香！

就在這一刻，我發現寧相如的臉色猛然地變得慘白起來。

今天晚上，我一直在注意著寧相如，甚至有一種戰戰兢兢的感覺。她臉色的變化被我看在了眼裏，我也發現康得茂的臉色也很吃驚的樣子，但是他很克制自己，他的吃驚一瞬即逝。

幸好丁香這時候站在康得茂的身後，我朝她笑了笑，隨即去和她說話，「丁香，越來越漂亮了啊。」

康得茂已經在和林行長開始聊天說笑了。

「馮大哥，最近遇到什麼好事情了？神采奕奕的。」丁香在對我說，隨即去看著寧相如，「這位是？」

我急忙去拉了一下寧相如的胳膊肘，「丁香，我給你介紹一下，這是我朋友寧相如，女企業家。相如，這是丁香，康秘的未婚妻。」

寧相如的臉色恢復得正常了些，即刻朝丁香笑道：「丁老師好漂亮。」

「你知道我？」丁香詫異地問。

「我在她面前提到過你。」我急忙在旁邊道。

康得茂這時候過來了，他去挽住了丁香的胳膊，然後說道：「寧老闆是我們家鄉出來的知名女強人，很能幹的。」

丁香笑著說：「我很佩服女強人的，可惜我自己成不了女強人。」

寧相如說：「女強人有什麼好？整天累得一塌糊塗，還不會討男人的好，命苦得很。」

「寧老闆，我可不贊同你的觀點啊。我們女人應該有我們自己的事業吧？幹嘛要看男人的臉色？」林行長過來說。

「對，免得被他們這些臭男人欺負。」寧相如笑道。

丁香過來拉住我去到雅室的角落裏，然後低聲地問我道：「馮笑，這個女人和你什麼關係？她那麼漂亮，你可不要犯錯誤啊？」

我頓時哭笑不得，「丁香，你也這麼漂亮，我和你犯過錯誤沒有？」

丁香輕輕打了我一下，「你討厭！我說的是實話。我看這個女人很不一般，很迷人。我是提醒你而已。」

「你放心吧，不會的。我和她是朋友，這次特地請得茂出面幫一下她的忙。因為她的專案出現了資金緊缺，所以我才請得茂將這位銀行行長請出來的。」我急忙地解釋道。

「得茂和這個女人也很熟吧？」她忽然地問我道。

我頓時明白了，她拉我到旁邊的真實目的可能就是為了問我這件事情的，禁不住去看了康得茂那裏一眼，發現他也正在朝我們這裏看來，但是即刻就把臉側了回去。

「你別去看他。馮笑，你老老實實回答我這個問題。」丁香卻在催問我。

我歎息，「丁香，得茂只是認識她而已，他也告誡過我你剛才的那些話的。可是……我沒辦法啊，只好請得茂幫這個忙了。」

「馮笑，你和她真的是那種關係？」她似笑非笑地看著我問。

我裝出一副憂慮的樣子，「丁香，這件事情你千萬不要告訴得茂啊。不然的話他會罵我的。得茂不止一次因為這樣的事情罵我了。我和他雖然是同學，但是我心裏其實還是有些怕他的。」

「馮笑，看不出來啊。你的魅力還不小。」丁香歪著頭來看我，眼神裏怪怪的。

我心裏不住苦笑：如果你知道了康得茂和寧相如的事情後，還會這樣表揚他嗎？由此可見，女人在這一點上可是最自私的，因為她們都希望別的男人花心而自己的老公本分，這樣才可以更加增添自己內心的那種自豪感。

「聽到沒有？千萬不要告訴得茂。他現在最多也就是懷疑而已。」我即刻又說道。

「那你為什麼要告訴我？」她卻這樣問我道。

我心裏頓時怔了一下，糟糕，怎麼沒有想到她會這樣去想呢？頓時心如電轉，即刻地回答道：「今天相如她的事情太重要了，我擔心她緊張。讓你知道了這層關係後你一會兒也好幫幫她啊。丁香，拜託了啊。」

「馮笑，看不出來你竟然這麼多情呢。行，如果一會兒出現了什麼狀況的話，我一定幫她打一下圓場。對了，這個女人一見我們得茂臉色都變了，難道她很怕得茂嗎？」她隨即又問道。

我頓時大吃一驚，因為我沒有想到丁香竟然也看見了寧相如的那個臉色變化，急忙地道：「實話對你講吧，今天我沒給得茂說相如要來，得茂進來的時候有些生氣的樣子，所以把她給嚇住了。」

我心想，得茂在你前面，當時你總看不見他的臉色。

果然，她相信了，「得茂也是的，怎麼在你的朋友面前也那樣啊？下來後我好好說說他。」

我頓時長長地舒了一口氣，不過嘴裏卻依然在說道：「丁香，千萬別這樣。你知道不就行了？免得今後得茂見到我的時候罵我、取笑我。」

男人就是這樣，總是為了朋友而把某些事情往自己的身上攬，這才真正叫兩肋插刀。

接下來大家都坐到了席位上，林百靈坐主位，她的一側是我，另一側是康得茂。我的旁邊坐著寧相如，康得茂的身旁當然就是丁香了。林行長的那位助手坐在了末位，與林行長正對。

「喝點酒吧？康秘，你說吧，我們喝什麼白酒？呵呵！我知道你是要喝白酒的，馮教授估計也是喝白酒的人。」一坐下後林百靈笑著說道。

康得茂說：「今天你林行長是主人，你安排什麼我們就喝什麼。不過你自己也得喝哦？我知道你林行長的酒量的，據說你有兩斤的酒量呢。」

我不禁訝然：她這麼瘦小的一個女人，竟然這麼能喝酒？

接下來就聽到林百靈笑著在說：「其實我很少喝酒，酒精畢竟傷身。」

不過林百靈最後還是要了茅台酒。隨後她問我道：「馮教授，我有時候總覺得右上腹肝臟的位置脹痛，這是什麼原因？」

康得茂笑道：「林大姐，你別問他這樣的問題。他可是婦產科醫生，這些問題他不一定搞得懂。」

我急忙地道：「我是婦產科醫生怎麼啦？人體常見的疾病我可是都學習過的。比如剛才林行長提到的這個問題，我就知道是什麼原因。」

現在還沒有開始上菜，所以我願意多說話以活躍氣氛。而且還因為寧相如的事情畢竟是我在出面協調，所以我希望今天氣氛能夠熱烈一些。康得茂提到我是婦產科醫生的事情，我想他的意圖可能也是這樣。還有，他不想在丁香面前表現出訥言、緊張的狀態。

「那你快說說。康秘，你有這樣一位同學真好，看病都可以不去醫院了。」林百靈笑著說。

「我可不找他看病，因為我是男人。」康得茂笑著說。

我眼睛的餘光忽然注意到寧相如準備說話的樣子，急忙地道：「得茂，別打岔。」我其實是在提醒他不要刺激寧相如。隨即我又道：「林行長，您這個問題我完全可以給您解釋。您出現這種感覺的原因我估計有兩個，一是您長期在外面應酬，也可能會經常喝酒，所以您的心裏總是會擔心喝酒太多肝臟會出問題。所以，我估計您覺得脹痛並不是經常性的，總是在想到自己肝臟會不會出問題的時候才會有那樣的感覺。」

「對，太對了！」她說。

我微微地笑道：「這其實是一種心理作用。因為您擔心。第二個原因我估計是您可能有膽囊息肉或者膽囊結石。但是不很嚴重，不過有輕微的膽道堵塞。所以脹的感覺本身是存在的，只不過在您的心理作用下把這種感覺放大了而已。您可要去做一個B超，檢查一下膽囊的問題，一下就清楚了。」

她很高興的樣子，「太好了。對了馮教授，今後你就不要老是叫我職務了吧？你就像康秘那樣叫我林大姐多好？還有，你老是『您』啊『您』的，是不是覺得我很老了？」

「您……你哪裏老啊？林大姐。」我急忙地道，因為不習慣這樣的稱呼，所以覺得有些彆扭。

「康秘，我們開始吧？」林百靈隨即去問康得茂道。

康得茂說：「林大姐今天是主角，你說怎麼就怎麼的。」

林百靈笑道：「你錯了，我今天是召集人，主角應該是你和你的這位丁香小姐。你們最近準備結婚了是吧？這樣吧，我們今天預祝你們新婚快樂。就這個主題怎麼樣？」

康得茂急忙地道：「今天是週末，是我們作為朋友聚會的日子。同時也是為了馮笑的朋友寧老闆的事情大家才坐到一起來的。我看這樣，我們不要什麼主題，那樣太累了，就是大家在一起度過一個愉快的週末，大家隨便說說話、喝喝酒就是了。林大姐，你看呢？」

「好，這個提議不錯。大家在一起輕鬆愉快多好？寧老闆的事情不說了，這樣的貸款額度還不需要我親自去操辦。我已經給信貸處處長打招呼了，他敢不聽的話我馬上給他換一個位置。小事情，不要再說了。」林百靈說。

於是大家開始喝酒、吃東西。

我依然很注意寧相如的狀況。我發現她今天喝了不少的酒，她去敬林百靈的時候喝了一大杯，隨後又去敬康得茂。

就在她走到康得茂旁邊的時候，我頓時緊張了起來。

康得茂站了起來。

「康秘，我敬你和丁老師。」寧相如說，臉上帶著笑。

丁香也即刻站了起來。

我看見，康得茂的臉上竟然平靜如水，而且還有微微的笑容。說實話，我很佩服他的這種鎮定。因為如果是換成了我的話，根本就做不到像他這樣。

「康秘，謝謝你對我的幫助。丁老師，我祝你越來越年輕、漂亮。我們女人必須要一直保持年輕漂亮才是，不然的話……呵呵！來，我敬你們。」寧相如說，隨即去和他們兩個人分別碰杯，然後喝下。

當寧相如走到康得茂那裏的時候我就開始緊張了起來，但是卻無法去阻止她。因為她可是從林百靈那裏開始敬酒的，她隨後去敬康得茂的酒是必須的事情。當我看見她臉上的表情並沒有什麼異常的時候，頓時鬆了一口氣。隨後，當我聽到她對丁香說到「我們女人必須要一直保持年輕漂亮才是，不然的話……」的時候我的心頓時懸了起來，心裏暗呼「糟糕」。

然而，她終於沒有說出後面難聽的話出來。我再次鬆了一口氣。我覺得剛才的那一分鐘比一小時還漫長。

她終於克制住了自己，終於沒有違背對我的承諾。

鬆了一口氣的我開始去給林百靈敬酒，「林大姐，我敬你。謝謝你，一切都在這杯酒中，我就不多說了。」

她朝我微微一笑，「這話說得好，朋友之間不要太客氣才好。」

隨即我們一起喝下。

其實，我本想對林百靈多說幾句感激的話的，但是就在那時候我忽然看到寧相如在對丁香說：「丁老師，我們到旁邊去說一句話好嗎？」隨即就看見她們兩個人去到了吃飯前我和丁香說話的那個位置，兩個人開始嘀嘀咕咕起來。所以我才把自己想要對林百靈說的話簡略了下來。

喝下了這杯酒後，我看見她們兩個人依然在那裏說著什麼話。是寧相如在說，丁香在聽。我發現，丁香的神情很慎重。

康得茂也轉身去看了一眼，隨即回轉身來瞪了我一眼。我朝他做了一個無奈的表情。

兩個人很快就回到了桌上，寧相如去敬林行長的助手，丁香卻去看了康得茂一眼後不說話。我聽見康得茂在問她：「怎麼啦？」

丁香沒說話，她即刻舉杯去敬林百靈，「林行長，我敬你一杯，謝謝你對得茂的關照。」

林百靈笑道：「丁香妹妹，你說錯了吧？是康秘關照我呢。他可是領導身邊的人，我經常麻煩他的。對了丁香妹妹，你怎麼叫我林行長啊？你應該像康秘那樣稱呼我才對。」

「那我叫你林姐吧。林大姐這個稱呼不好，那樣可把你給叫老了。林姐還這麼年輕，而且也很豪爽，剛才我聽你說寧老闆的事情，就發現你比某些男人還豪爽，我真的很佩服你。」丁香朝她笑吟吟地說。

林百靈聽到了丁香的話後，頓時高興了起來，「妹妹你真會說話。」

這時候寧相如坐回到了她的位置上，她端杯來對我說道：「馮笑，我們倆就不要說什麼了吧？」

「你吃點菜，別喝急了。」我即刻低聲地對她說道。

丁香卻在那裏說道：「馮笑，你這樣可不行，男人不能拒絕女人的任何請求才是。寧老闆已經朝你舉杯了，你這樣不好吧？」

林百靈也笑道：「就是，馮醫生，你這樣可不好。」

我急忙地道：「好，我喝就是了。」

丁香說：「不行，你們得喝大杯才行。今天是你出面在幫寧老闆，寧老闆肯定要用大杯向你表示才可以。」

「最好是喝交杯酒。今天的氣氛一直起不來，你們先表演一下，接下來康秘和丁香妹妹表演。」林百靈笑道。

我急忙地道：「得茂和丁香表演才對。他們這叫預演，我們這算什麼啊？」

可是，我的話剛剛說完，就聽到寧相如在說道：「馮笑，我們喝就是。有什麼嘛，不就是交杯嗎？」

桌上的人都在鼓掌，康得茂那傢伙竟然也在起哄，我不禁苦笑，只好吩咐服務員拿來了大杯。

桌上的氣氛頓時就開始活躍起來。我喝下了那杯酒後，頓時就變得興奮了起來，而且這種興奮的感覺有些克制不住了，於是我開始一一去敬桌上每個人的酒，還是從林百靈那裏開始。

總之，一晚上我喝了不少的酒，其中至少去敬了林百靈五次。

可是在後來讓我沒有想到的是，林百靈的那位助手端著一大杯酒來敬我了，她對我說：「馮教授，我敬你一杯，希望能夠讓你對我加深一下印象。我父親正在你們醫院住院呢，希望你能夠關照一下。」

我急忙問道：「在哪個科室？多少床？」

「我們現在不說這件事情，明天我來找你吧。」她笑道，「來，我敬你。」

「馮笑，千萬不要拒絕女士的請求哦！」丁香在那裏煽風點火地道。

「對，不要拒絕女士的請求哦！」林百靈和寧相如異口同聲地笑著說道。

我只好喝下。

後來的結果是：我大醉。

不過在桌上的時候，我還有著一絲的清醒，晚餐結束的時候我聽見林百靈在責怪寧相如，「寧老闆，你怎麼去把賬給結了？開始的時候不是說好了的嗎？」

寧相如笑著說：「都一樣的。我心裏很感激你，這頓飯錢不算什麼的。」

康得茂隨即說道：「都一樣，反正你們都是有錢人。」

林百靈笑道：「那可不一樣啊，我的錢是國家的，寧老闆才是真正的有錢人。」

在座的人都大笑，隨即散去。我這才想起來在吃飯中途，寧相如好像出去過一會兒。

送走了林百靈和她的助手後，康得茂把我拉到了一處僻靜之處，他責怪我道：「你搞什麼名堂？怎麼把她給叫來了？嚇我一跳。」

我說：「這樣不是很好嗎？她並沒有做出什麼讓你難堪的事情來啊？你要知道，她可是一顆定時炸彈，早點解除對你的危險才是最重要的。」

我喝得差不多了，聲音有些含糊不清，而且也不能完全地控制自己聲音的大小。他急忙來捂住了我的嘴，「小聲點！」

我急忙掙脫了他，不住笑道：「你這傢伙，剛才我看見你從廁所出來的時候沒有洗手，很噁心的，你知道不知道？」

他看著我苦笑，「你喝多了，我不和你說了。哎！不知道今天晚上寧相如對丁香都說了些什麼。接下來我的前面是崖是坎也只有認了。哎！你這傢伙啊，怎麼能這樣呢？」

喝醉了酒的人往往要麼樂觀要麼沮喪。而我現在卻覺得康得茂太悲觀了。他已經離開，我看見丁香上了他的車。

忽然有一種想要嘔吐的噁心感覺，頓時忍不住蹲了下去，幾次乾嘔之後卻發現自己根本就嘔吐不出來，但是現在的我卻忽然感到了一陣眩暈，頓時差點摔倒在了地上。幸好有一雙手在扶住我，耳邊傳來的是一個溫柔的聲音，「馮笑，你應該像我這樣早些去廁所裏把酒吐掉的。」

喝醉酒後會出現失憶的情況，今天我就經歷了這樣的狀況。

當我醒來的時候忽然發現自己正躺在一個溫暖的被窩裏，而且身旁似乎還有一個溫暖的身體。我對昨天晚上最後的記憶是寧相如扶我上了她的車，後面的一切就什麼也記不得了。

現在，我忽然有了一種感覺：自己身旁睡著的這個人肯定是寧相如。

不知道是為什麼，我心裏竟然沒有一絲的慌亂，或許在我的心裏已經知道發生這一切是一種必然。

輕輕揭開被子去看，果然是她。我的眼前是漂亮、豐腴的她的臉，還有隱隱約約的她一絲未縷的上半身。

我們只是睡在一起罷了，並沒有發生過什麼。我心裏對自己說道。因為我的腦子裏沒有任何與她歡愉的記憶。

她忽然醒了，側身來緊緊將我抱住，「你醒了？」

而就在此時，我發現自己的身體忽然變得僵硬了。難道我們已經發生過了？不然的話，她怎麼會這樣？

我還是不相信我們已經發生了那件事情，因為我對那個過程真的沒有一絲的記憶。從我以前酒醉後的經驗來看，這幾乎是不可能的。

「我們這是在什麼地方？我們怎麼在一起？」我問道。茅台酒就是這點好，我並沒有頭痛的感覺，只是覺得自己暈乎乎的。

「你喝多了，吐了我一身。這是在我家裏，我也喝多了。」她說。

「對不起，我們不能這樣。」我急忙地道，準備起身去穿衣服離開。

可是她卻緊緊地抱住了我，「馮笑，你別走，我心裏好難受。你放心，我不會黏上你的，康得茂已經讓我想明白了一切。」

我身體裏的那把火頓時被她給撩撥了出來，因為她一邊在對我說這句話的時候，她的手已經到達了我的胯間。

「來吧，讓我好好舒服一下。」她在我耳畔邊呵氣如蘭。

我猛然地掀開了被子。可是，我卻頓時怔住了，就在這一刻，我彷彿明白了康得茂為什麼要選擇丁香的原因了。

對於今天晚上的事情其實我早有預感，因為寧相如對康得茂已經極度失望，而且她親眼看見康得茂和丁香在一起親熱的樣子，這就會讓她更加覺得難受。女人在極度失望和難受的情況下，會做出某些毫無意義的報復行為是必然的，甚至還會自暴自棄地放棄自己的某些原則。而對於我來講，我的內心並不拒絕多一個女人，特別是在酒醉的情況下。

所以，當我醒來的時候發現身旁是寧相如的時候一點都不感到奇怪。而當她撩撥了我的時候，根本就沒有想到要去克制的問題！

可是，當我掀開被子的那一瞬間，我頓時怔住了，因為我驚訝地發現，看上去如此美麗、漂亮的寧相如的雙腿，竟然是如此的難看。它們不但粗，而且還因為粗而顯得有些短！女人的腿很重要，它們是顯示女性美麗的非常重要的方面。女性身材的修長、婀娜大多是由她們的雙腿去完成的。

現在，我終於明白她為什麼喜歡穿長裙了，因為長裙可以將她雙腿的這種不足修飾掉。與此同時，我也忽然明白康得茂為什麼會捨棄她而選擇丁香了，因為像寧相如這樣的雙腿，是一個男人很難長期忍受的。

我將被子蓋在了她的身上，快速地下床後穿上自己的衣褲，然後準備離開。

「馮笑，你幹什麼？」她忽然在我身後大聲地問我道。

我沒有轉身，「相如，我們不能這樣。對不起。」

說完後我就即刻出了門，然後快速地離開了她的家。我覺得自己真的很卑鄙。

現在是早上五點多鐘，大街上靜悄悄的沒有一個人影，燈光很昏暗，頓時有了這個世界的時間已經停止了流動的感覺。忽然聽見遠處傳來了汽車的轟鳴聲，遠遠的就已經震動得我的鼓膜在發顫。

是一輛計程車。

「去什麼地方？」計程車司機用沙啞的聲音在問我。

我怔了一下後才說出我別墅所在的那個地方。

我今天不想回自己的那個家，其實是因為我忽然想起保姆的女兒今天可能在那裏，我還記得那天晚上的情形，而且我還沒有想好如何安排她的事情，更不想在現在這樣的情況下和她去交談。

開門後進入到了別墅裏，然後直奔臥室。我現在需要馬上睡覺，因為我覺得自己的頭很昏。

進入到了臥室後我沒有開燈，因為我發現床上似乎有人。我心裏頓時溫暖了起來：余敏原來真的在這裏，被窩裏肯定很暖和。

快速地脫掉衣服，然後揭開被子就鑽了進去……猛然地，我聽到耳邊傳來了一聲驚叫！

「啊……」耳邊的驚叫聲震耳欲聾，差點刺破了我的鼓膜。我聽得清清楚楚，這不是余敏的聲音！

即刻從床上爬了起來，快速地去打開了燈。隨即駭然地看見床上一個女人正驚恐地在看著我。不，還有一個，那是余敏，她的臉就在這張驚恐的臉的旁邊。

「你怎麼回來了？夢夢，別叫了，他就是馮笑。」余敏在問我，隨即去抱住了正在驚叫的那個女孩子。

女孩子的驚叫聲戛然而止，隨即不好意思地看著我。

「她誰啊？」我問余敏道，有些哭笑不得。

「劉夢。我朋友。你最近老不來這裏，我一個人有些害怕。所以就把她叫來陪我了。」余敏說。

「哦，那我去隔壁的房間睡會兒。昨天晚上喝多了，半夜醒來才發現在賓館裏睡著了。朋友開的房，我不大習慣那裏，我那朋友打鼾太厲害了，所以趕快來這裏補瞌睡。」我撒謊道。

「你就睡到我這邊吧，反正你的床很大，這裏暖和。」余敏說。

我實在太累了，而且還有些頭暈，於是也就沒有想什麼地就去挨著余敏睡下了。在睡覺前我對那個叫劉夢的女孩道歉道：「對不起，嚇住你了。」

她沒有說話，而我即刻就進入到了睡眠之中。酒後的我早已經抵抗不住睡意的襲來，而且還覺得這樣的感覺很舒服。

進入到睡眠前我感覺到余敏的身體依偎在了我的懷裏，但是我已經沒有了任何的力氣和思想去考慮這樣有什麼不對勁的地方了。

我的世界完全進入到了一片黑暗之中，我已經消失了，再也沒有了世界這樣的概念了，懷裏的她也早已經不能影響到我的觸覺。

即刻發現自己進入到了另外一個世界裏，我的眼前全是金色的陽光和燦爛的花朵，遠處有一道彩虹如同一道巨大的門一般地支撐在地上，它是那麼的絢麗，那麼的動人心魄。難道這就是傳說中的天國麼？我在問獨自矗立在這片神仙境地裏的我自己。

要是這裏還有其他的人就好了，這裏再美也會讓我感到孤獨的。我心裏頓時升起了這樣一種遺憾的感慨。

忽然，我看見遠遠的有一個人在朝我奔跑過來。我看得清清楚楚，那是一個美麗的姑娘，她身上穿著一條淡黃色的長裙，長髮飄飄，跑動的她有著修長、圓渾而白皙的雙腿，她在朝我跑近，同時在呼喊我的名字，「馮笑……馮笑……」

依稀地，我從她的聲音和身形中感覺到她是陳圓。於是急忙朝她跑去，嘴裏激動地在大叫：「陳圓，你怎麼會在這裏？」

我們兩個人慢慢地在靠近，我終於看清楚她了，可是，讓我感到駭然的是，我發現她根本就不是什麼陳圓，她是寧相如。再去看她的腿，忽然才發現它們竟然是那麼的短而粗！

頓時僵直在了那裏。

她朝我跑了過來，然後緊緊將我擁抱住，她在我耳邊輕聲地責怪我道：「你怎麼跑了？我追到這裏才把你追到。來吧，我們把沒做完的事情繼續做下去。」

我頓時有了一種噁心的感覺，急忙地推開了她。

猛然地，我發現她不知從什麼地方拔出了一把明晃晃的刀來，她的臉已經變得可怕起來，她在惡狠狠地對我說道：「馮笑，我要殺了你！」

我轉身而逃，頓時感到背心傳來一陣疼痛。完了，她真的把我給殺了……這一刻，我心裏悲哀至極，但是奇怪的是卻並沒有感到恐懼。我的悲哀來自於自己內心的一個念頭：馮笑，想不到你竟然會死在一個女人的手上。於是緩緩轉身去看，發現她手上的刀鋒上正有鮮紅的血在滴落。那是我的血麼？

霍然驚醒。

可是，我卻頓時感覺到了不大對勁，因為已經清醒的我，發現自己已經進入到了余敏的身體裏，她的背對著我，而我卻從她的後面進入到了她的身體裏，而且她正在緩緩地運動。

我頓時緊張起來，急忙去看她身旁的那個女孩子。這才發現天已經放亮，余敏身旁的她正在熟睡。

頓時放心下來，於是配合著余敏緩緩而動。

但是我依然緊張，不敢有大的動作。

可是就在這一刻，我發現她身旁的那個女孩忽然發出了笑聲，「你們在幹什麼？」

我的身體頓時僵硬，停留在余敏的身體裏再也不敢動彈。

「你自已睡覺，別來管我們。」余敏對那個女孩說道。

「你們這樣我怎麼睡得著？好，你們繼續吧，就把我當空氣就行。」女孩「咯咯」嬌笑道。

我尷尬之極，急忙從余敏的身體裏退了出來。

「別管她，我們繼續。」余敏在我耳畔輕聲地說道。

那個女孩又發出了輕笑聲。

余敏猛然地大笑了起來，三兩下去剝光了那個女孩的衣褲，「就是你，你也想要是吧？那我們三個人一起來。」

女孩並沒有反抗，所以余敏才這麼順利地剝光了她的衣服。

「馮笑，你知道她是誰嗎？她就是我以前準備給你介紹的那個女朋友，現在在我公司和我一起做事。」余敏笑著對我說。

我這才發現這個女孩有著余敏曾經一樣的漂亮，特別是她的皮膚。

「余敏，你別這樣。我男朋友知道了要罵我的。」劉夢嬌笑道。

我頓時忍不住笑了起來：可能不僅僅是罵吧？

不過，我心裏頓時明白了：這個叫劉夢的女孩子可能早已經春心蕩漾了，她現在的狀況完全就是一種半推半就。

我體內的酒精依然在起作用，而且美色當前讓我早已經難以自己，更何況余敏完全地撩撥出了我的激情了，這讓我除了欲望之外，就再也沒有了其他的思維。所以，我開始躍躍欲試起來，也就不再去管這個叫劉夢的女孩了。

第二天我醒來的時候已經是中午。那個叫劉夢的女孩子已經不在。

「哥，你太厲害了。劉夢離開的時候還在埋怨我，以前怎麼沒把你介紹給她呢。」余敏在我床前笑著對我說道。

我不禁苦笑道：「余敏，你這都是些什麼樣的朋友啊？怎麼都這麼隨便？」

她癟嘴道：「哥，你不要這樣得了便宜還賣乖啊？我可是為了你才這樣做的啊。劉夢也是你們醫科大學畢業的呢，以前在一家公司當業務員，最近那裏的生意不大好，所以我動員她來和我合夥做生意。當我告訴她你上次對我說的事情後，她就答應了。哥，我是覺得自己一個人陪不了你，所以才叫她來的。其實我早已經暗示她了，她早就答應了。沒事，不會出問題的。」

我搖頭道：「她有了男朋友了，今後的事情很難說。余敏，你可要記住了，從今往後不要讓她來了。她和你一起做生意我沒有意見，不過你想過沒有？這樣一來今後你的利潤可就薄了。」

她低頭不語，一會兒後才低聲對我說道：「哥，我好像有孩子了，是你的。」

我被她的話嚇了一跳，「不會吧？」

她抬起頭來看著我，「你不高興？」

「我們不可能結婚的，你要這孩子幹什麼？而且，你的身體狀況怎麼可能會有孩子呢？」我問她道，思緒頓時變得複雜起來，「對了，你有孩子和這個劉夢有什麼關係？」

「我是怕我今後很長一段時間陪不了你了，所以……」她低聲地說，隨即臉上就變得興高采烈起來，「哥，我必須要這個孩子，他是一個奇蹟。我也想不到自己會懷上孩子，我必須把他生下來。」

「你怎麼就知道你一定是懷孕了？你去檢查過沒有？」我問道。

「我這個月的例假沒來。我也去買了試紙來檢測過了，顯示陽性。」她說。

「余敏，你想過沒有？今後你一個人怎麼把孩子帶大？孩子今後怎麼去面對這個社會？」我頓時頭痛起來。

「我馬上要結婚了，我已經有了男朋友。所以，劉夢……」她說。

我即刻地道：「從今往後不要讓劉夢來見我了。必須這樣。你聽到了沒有？對了，你說什麼？你已經有男朋友了？他是幹什麼的？他不會那麼傻吧？不會就認為這個孩子就是他的吧？」

其實，現在我更懷疑她所說的這個孩子就是我的。

「我隨便找的一個人，就是我以前的同學。他很喜歡我，就是有點傻乎乎的。」她淡淡地道。

我頓時默然。

「哥，從今天開始我就不到你這裏來了，鑰匙我放在下面的茶几上面。你不喜歡劉夢就算了，我給她說說。我和她一起做生意除了是想到你之外，還因為我今後可能有一段時間不會上班了，我要好好照顧自己肚子裏的這個孩子，但是公司必須運行下去。她是我最好的朋友，我信任她，不然的話我能怎麼辦？」她隨即說道。

「你……哎！」我唯有歎息，隨即又對她說道：「唐院長可能馬上要當正院長了。今後你公司的機會會很多的。還有我的專案，現在進展也很順利。不過這個劉夢，我總覺得她……算了，既然你覺得她不錯的話，那就這樣吧。不過你一定要告訴她，今後真的不要再這樣了。主要是她有男朋友，我很擔心出事情。」

她點頭，「你這樣說我也覺得自己好像太過分了。劉夢的男朋友很小心眼，所以她才一直對她的這個男朋友很不滿意。也正因為如此，我才知道她會答應我的。

不過現在聽你這樣講，我還真的有些擔心了。行，我去給她講。哥，今後你要好好照顧你自己，千萬不要經常喝酒。」

我忽然地有了些感動，「你現在有什麼困難沒有？」

她搖頭，「哥，我知道你可能不會相信這個孩子就是你的。不過今後我把他生下來後你就知道了。你放心，我不會要你負責的，我會多掙錢，等他長大後就把他送到國外去接受教育。那時候我再告訴他，他真正的父親是誰。」

我心裏忽然難受起來，「余敏，你別說了。我還是希望你不要這個孩子的好。你這樣做讓我心裏很難受，你這不是讓我為難嗎？我是孩子的父親，但是卻不能盡到一個當父親的責任，你何苦要置我於這樣的境地呢？」

「哥，你知道的，我懷上這個孩子很不容易。我是女人，這輩子如果不能生孩子的話會遺憾終身的。我走了，你要好好的啊。」她說，開始在流淚，隨即轉身快速地跑出了臥室。

大大的別墅裏就剩下了我一個人，我頓時感覺到內心的孤獨比以往更甚。

請續看《帥醫筆記》之十六　大夢初醒

帥醫筆記 之15 作繭自縛

作者：司徒浪
發行人：陳曉林
出版所：風雲時代出版股份有限公司
地址：105台北市民生東路五段178號7樓之3
風雲書網：http://www.eastbooks.com.tw
官方部落格：http://eastbooks.pixnet.net/blog
Facebook：http://www.facebook.com/h7560949
信箱：h7560949@ms15.hinet.net
郵撥帳號：12043291
服務專線：(02)27560949
傳真專線：(02)27653799
執行主編：風雲編輯小組
美術編輯：風雲編輯小組

法律顧問：永然法律事務所 李永然律師
北辰著作權事務所 蕭雄淋律師

版權授權：蔡雷平
初版日期：2016年2月
初版二刷：2016年2月20日
ISBN：978-986-352-275-1

總 經 銷：成信文化事業股份有限公司
地　　址：新北市新店區中正路四維巷二弄2號4樓
電　　話：(02)2219-2080

行政院新聞局局版台業字第3595號 營利事業統一編號22759935

定價：280元　特價：199元

國家圖書館出版品預行編目資料

帥醫筆記／司徒浪著. -- 初版-- 臺北市：風雲時代，
2015.06 -- 冊；公分

ISBN 978-986-352-275-1（第15冊；平裝）

857.7　　104008026